あなたがいなくなったら、
世界が真っ暗になって閉じてしまうんだから。

入ってるな、これ。
なんか、見えるし。
こうすればいい、みたいなのが。

灰と幻想のグリムガル level.10

ラブソングは届かない

十文字 青

OVERLAP

イラスト／白井鋭利

0．世界

白い息を吐きながら、マツの葉の茶を用意する。といっても、マツの若葉をきれいな湧き水で洗い、乾燥させて煎ったものを常備しているので、手順は簡単だ。まずは天幕の前に設《しつら》えてあるかまどで火を焚《た》く。水を入れた薬缶《やかん》を火に掛ける。手製の折り畳み椅子に腰かけ、湯が沸騰するのを待つ。湧いたら、薬缶を木組みの鍋敷きの上に置く。茶葉を詰めた巾着を薬缶にぶちこむ。黒金連山《くろがねれんざん》のドワーフが作った精巧な機械時計を一つ所有しているが、わざわざそんなごたいそうなものを取りだしたりはしない。朝焼けの空を眺めつつ、数をかぞえて待つ。とくに濃い茶を飲みたいときは三百まで。たいていは百八十までかぞえる。つまり、約三分だ。

愛用している木製のマグに薬缶から茶を注ぐ。焙煎《ばいせん》したマツの葉の茶はほとんど色がない。湯気を吸いこむ。マツの爽やかな香りが鼻腔《びこう》をくすぐり、髭《ひげ》だらけの顔が思わずほころぶ。ふう、ふう、と息を吹きかけてから茶を啜《すす》ると、まろやかな風味が口の中に広がり、喉を伝って胃に落ちてゆく。

「うまい」

呟《つぶや》いて、余韻を楽しむ。ああ、もう一口飲みたい。どうしても飲みたくてたまらない。耐えられなくなってから、マグに口をつける。そうすれば、二口目が最高においしい。

毎朝、目が覚めたら、最初にやることがこれだ。もっとも、雪が積もるような地方に滞在しているのでなければ露天に天幕を張ることにしているから、雨降りの日はやりたくてもできない。雨が降っていないときだけの贅沢《ぜいたく》だ。何のかの言って、その贅沢を一年のうち半分以上、味わっている。

つくづく思う。

悪くない人生だ。

ゆっくりと、好きなだけ時間をかけてマツの葉の茶を飲み終えたら、さて、今日は何をしようか。雲はいくらか出ているが、空気は乾いているし、三時間以内に雨が降る可能性はないだろう。日に日に冬が迫るこの時期にしては気温もさして低くない。狩りでもするか。渓流で釣りをするのもよさそうだ。備蓄は充分にあるから、ひねもす寝転んでいても問題はない。

気の向くまま、好きなことを好きなように好きなだけする。結局、それが性に合っているのだろう。

そうやって生きるために、義勇兵稼業から足を洗った。いろいろあって狩人《かりゅうど》に鞍替《くらが》えしたのも、意識していたわけではないにしろ、きっとこのための準備だったのだ。もとからこんな生活がしたかった。自分の意思で望みを叶《かな》え、これ以上ないほど満足している。もう仲間たちの顔を思いだすこともめったにない。今ごろどこで何をやっているのか。息災か。まったく気にならないわけではない。仲間たちが生きていれば再会することも不可能ではないだろうが、会いたいかと訊《き》かれたら否と答える。正直、億劫《おっくう》だ。

自由を手に入れるためには、ひとりにならなければならない。

唯一の懸念は、孤独に耐えられるか、だった。

寂しくてたまらない夜はいまだにあるが、やりすごす方法を次第に覚えた。胸を引き裂くような寂しさも長続きはしない。次第、次第に募ってゆき、ピークに達したら、だんだんと平気になってゆく。空腹や眠気とは違って、限度を超えたら死んでしまうというようなものではない。所詮、寂しいだけだ。寂しくて泣けてきたらしめたもので、涙はどんな感情も浄化してくれる。

ひたすら自分自身と自然に従うだけで、余計なことは一切考えなくていい。この暮らしには何物にも代えがたい価値がある。

立ち上がり、椅子を畳んで、とりあえず歩こう、と決めた。風早荒野《かざはやこうや》のような大草原や、ネヒの砂漠、ナルギア高地など、見晴らしのいい、景観に特色のある土地もおもしろいが、山はどこも格別だ。天竜《てんりゆう》山脈《さんみやく》やクアロン山系、リンストーム山系、黒金連山といった大きな山脈でなくてもいい。そのへんの小さな山々にもそれぞれ違った魅力がある。どれだけ歩いても歩くほどに新しい発見があって、なかなか飽きさせない。飽きたら飽きたで、また旅に出ればいいだけの話だ。世界は広い。一生を費やしても回りきれないだろう。

身支度を整えて野営地を離れ、藪《やぶ》の中の獣道を進んだ。

気を抜いていたわけでは決してない。強烈な獣臭さを感じてすぐ、あたりを見まわした。音がする。草木をかき分ける音。向かって左だ。

逃げるにせよ、迎え撃つにせよ、間に合わない、と思った。

相手は何ものなのか。それも見当がついていた。この臭い。おそらく熊だ。

ぶつかられる前に両手で顔を庇《かば》った。熊なら顔面を狙ってくる。経験的にそう知っていた。案の定、やつは顔を守っている左手にかぶりついた。同時に押し倒された。

左手はもうだめだ。即座にあきらめ、すでに食いちぎられかけている左手をやつの口に押しつけた。異物を口の中に突っこまれ、やつは、ごぉほっ、ぐぼっ、と呻《うめ》く。呻きながら、両手を振り下ろそうとしている。小さくはない。けっこう大きい熊だ。たぶん体長三メートル近くある。こいつの爪で一撃されたら、肉も骨もあっけなく裂け潰れるだろう。わかっているから、死にものぐるいでやつにしがみついた。臭い獣毛に顔を埋《うず》め、左手を食わせつつ、右腕をやつの首に回して密着する。やつの両手の爪が、左肩に、それから右の脇腹に食いこむ。このまま押し剥がされてしまったら、終わりだ。

右手の人差し指と中指を、やつの左目に突き入れる。やつは、ぐぼ、ぐば、ぶごおおお、と吼《ほ》えた。やつの両手が激しく動く。やつの爪が体じゅうを傷つけている。痛みは感じなかった。反撃だ。反撃しろ。こっちも負けじと叫ぶ。大声を張りあげながら、どうなっているのかわからない左手を、やつの喉奥にねじこむ。右手でやつの顔面を叩《たた》く。無我夢中で叩きまくる。

不意に我が身が宙を舞った。

どうやら、だしぬけにやつが全身をひねり、その勢いで放り投げられたらしい。

空中でナイフを抜いた。

落下してくる獲物を、やつは右手か左手で殴りつけたようだ。体がひどく壊れた。どこが破壊されたのか。それはわからない。衝撃で一瞬、意識が飛んだ。一瞬だけだ。

やつが上にいる。どうやら組み敷かれたらしい。原形をとどめていない左腕で、顔面から首までをなんとか死守しようとしながら、むちゃくちゃにナイフを振るう。脚を上げて腹もガードしたいところだが、なぜかそれはうまくできなかった。

やつは一計を案じたのか、急に上体を起こした。まずい。やつの恐ろしい爪が降ってくる。よけろ。左に転がったが躱《かわ》しきれず、後ろ向きになったところでやつの一撃が左肩をほとんど打ち砕いた。とっさに這《は》って逃げようとする。無理か。逃げられない。やつに捕まった。押さえつけられたのか。息ができない。やつがかぶりついてくる。

左の横っ腹だ。革の服を着ているのに、お構いなしだった。やつはそのまま食っている。今まさに食われているのだ。自分の肉体が。たまらず、ぎゃあああああ、と悲鳴をあげた。それでも、食うのに夢中になっているやつに反撃するチャンスを逃さなかった。

全身をよじって、逆手に握り直したナイフでやつの右目を狙う。深々と突き刺さりはしなかったが、眼球を傷つけることはできた。やつはさっき左目を負傷している。これで両目ともろくに見えない。やつは情けない声を発して飛び離れた。こういうとき、野生の獣は無駄に逡巡《しゅんじゅん》したりしない。身を翻して、逃げる。逃げてゆく。

「……なんだよ」

咳《せき》が出た。すさまじく、苦しい。ナイフを手放しはしなかった。やつが戻ってくるかもしれない。いや、それはないか。少なくとも、当分は来ないだろう。そもそも、ナイフなんか持っていたところで、もう戦えない。

目をつぶる。咳が止まるのを待った。少しでも呼吸が楽になるように口を開ける。効果があるんだか、ないんだか。体を動かそうとしてみる勇気がわいてこない。怖い。どこがどれくらい、どんなふうに損傷しているのか。自分の状態を知りたくない。

まあ、これはだめだろうな、というふうには感じている。たぶん、生きているのが不思議なほどの怪我《けが》だ。そんなことはわかりきっているから、あえて把握したくない。落胆。失望。無念。慚愧。不甲斐《ふがい》ない、馬鹿じゃないか、とも思っている。でも、しょうがない。諦念もある。これが大自然の中、たったひとりで生きるということだ。熊は普通、夜に行動する。ただ、冬眠前は別だ。理解していたし、警戒していなかったわけではない。熊にしても、人間を狩ろうとしていたのではないだろう。彼らの主食は鹿や子供のガナーロ、ペビーや鼠《ねずみ》、魚、それから果実だ。出会い頭で、あの熊も驚き、反射的に襲いかかってきたのではないか。

おかげでこっちはこのざまだし、熊のほうも浅からぬ傷を負った。お互いにとって不幸な事故だったのだ。そして、石の壁に囲まれた街の中で暮らしているのでなければ、こうした事故はいつでも起こりうる。人から離れて生きることを選んだ時点で、こんな終わり方も想定していた。運がよければもっと安らかな死に方ができたかもしれないが、たまたまそうではなかった。それだけのことだ。

幸い、すぐには死にそうにない。目を開ける。傷の具合を確かめる気にはやはりなれない。動けるか。うつぶせになろうとする。左腕はだめだし、両脚にも力が入らないが、右腕が無事なので、どうにかいけた。

「……さて」

楽しい匍匐《ほふく》前進の時間だ。とはいえ、右腕だけが頼りなので、一メートル進むのに三十秒はゆうにかかる。しかも、頻繁に休みを挟まないときつい。痛みもある。程なく力尽きるだろう。

「そのときは、そのとき……」

やるだけやるまでだ。義勇兵暮らしで、そのことだけは学んだ。とにもかくにも、最善を尽くす。いつだってそれしかできることはない。

進むことに集中して、考えたくなかったのかもしれない。覚悟してはいたが、さすがにこんなふうに終わるとなると、後悔の一つや二つは浮かんでくる。今さら悔いたくはない。どうにもならないのだから。紆余曲折《うよきよくせつ》あったが、自分は好きなように生きた。選択した人生を完結させようとしている。そう思いたい。たとえば、別れた仲間たちのことなど思いだしたくはない。ああすればよかった。もっとこうするべきだった。違う道もあった。過去を振り返れば、そんな悔恨にとらわれることだってありうる。どうせ死ぬのだ。何はともあれ、自分は間違ってはいない。そう信じたまま死にたい。

死は恐ろしくない。目の前で仲間を失ったこともある。死がどんなものかは知っているつもりだ。死んだ者は戻らない。生者の記憶に痕跡を残すのみだ。覚えている者が一人もいなくなれば、完全に消え去る。むろん、親しい者の死はやるせない。ときに自分自身の一部を引きちぎられたようにすら感じる。時が過ぎればその悲しみや喪失感は薄れてゆくが、思い返せば胸が締めつけられる。死んでいった者にまた会いたい、なぜ会えないのだろうと思う。この世界は理不尽だと。

「おれひとりなら、誰も失わずにすむ……」

そうなのか？

だから、仲間たちと別れ、ひとりで生きてゆくことにしたのか？

いや、それだけではないはずだ。

すべての重荷をかなぐり捨てて、身軽に、自由になりたかった。自分のためだけに生きたかったのだ。そのぶん、誰の世話にもならない。誰にも迷惑をかけない。

何もかも、もうたくさんだった。

身一つでいい。

他には何もいらない。

ひとりで生きて、ひとりで死ぬ。

理想どおりじゃないか？

それにしても、我ながらちょっと信じられない。まったく驚きだ。

野営地に戻ってこられた。

少し開けていて、眺望がきく場所に天幕を張り、かまどを作って、調理具などの道具一式を並べ、折り畳み椅子を置く。そういうこまごまとした作業が好きだった。美しい景色を見渡しながら煮炊きをしていると、生きていてよかった、と心の底から思う。なんてくだらない、小さな人間だと笑えてくる。それでいい。実際、そのとおりだ。

かまどの脇に身を横たえると、目線が低いので山の斜面や谷、向こうの平野は見えないが、どこまでも空が広がっていて、凍りつくような痛みに苛《さいな》まれながらも、少し気持ちよかった。これは悪くない。ここで死ぬ。いい結末だ。

「……そうだろ？」

誰に問いかけているのかと、ひとり笑う。ここには自分しかいないのに。息絶えれば、獣たちが寄ってきて遺骸を食らうだろう。願わくは、不死の王《ノーライフキング》の呪いが影響を及ぼす前に、きれいさっぱり処分してくれるといい。まあ、そう都合よく事が運ばなくても、死後のことだ。どうでもいい。

こうして静かに終えられる。

最高だ。

また誰かに死なれるよりは、よっぽどいい。

あれはいやだ。

二度と味わいたくない。

でも、——だけれど、人と交わって生きていれば、たとえ義勇兵なんかやっていなくたって、いつか誰かを失う。人は、生きとし生けるものは、かならず死ぬのだから。

——死ぬ。

それがどうした……?

単なる、……あたりまえの……——、

「Hey, Geek.」

そんなふうに呼びかけられるのは、本当にずいぶん久しぶりだ。

あまりにも久々すぎて、自分がそう呼ばれていたことさえ忘れかけていた。

キーンズバーグ。ニュージャージーのほうじゃない。コロラド州。人口千人くらいのあの町では、ほとんど全員が顔見知りで、いわゆるオタクとして生まれついたおれは少数派どころじゃない稀少種《きしょうしゅ》だったし、クソみたいに肩身が狭かった。おれは物心がついたときからオタクだったから、気がついたらオタク《Geek》と呼ばれていて、近所のクソガキどもにさんざん馬鹿にされながらも、いつの間にか服にくっついて家に入りこむ虫みたいに、それとなく連中の仲間に加えてもらう以外、選択肢がなかった。そんな自分にほとほと愛想が尽きていたし、迫害されて爪弾《つまはじ》きにされるならそのほうがいいと思ったりもしたが、おれは連中にとってわざわざいじめるだけの価値もない、虫ケラ同然のオタク野郎だったんだろう。まあ、おれ自身、自分のことを無価値な存在だと見なしていたし、酒癖の悪いオヤジがなぜか無神論者だった影響もあって、神なんかいないと思っていたし、救いなんて訪れない、この小さな町も、USAも、みんな滅びちまえと、三分の一くらいは本気で願っていた。でも、おれはたしかに生粋のオタク精神の持ち主で、ある日、ネットで日本のアニメに出会った。マンガを読むようになった。夢ができた。日本に行きたい。神はいないし、天国はないが、日本には楽園がある。それからおれは強くなった。

「Hey, Geek.」

ニキビだらけの赤ら顔をへらへらさせて、巨漢のマットが過去五年以上そうしてきたように人を小馬鹿にした口調で呼びかけてきた瞬間、おれはブチキレてやつに飛びかかったんだった。サプライズアタックは成功して、おれはマットを突き倒し、馬乗りになって、やつの顔面をポコポコ殴った。当時、おれの心は強くなりつつあったが、体はひ弱なままだったので、マットをボコボコにしてやることはできず、ポコポコという感じにしかならなかった。当然、驚愕《きようがく》から覚めたマットはおれをあっさり撥《は》ねのけた。おれはポコポコじゃなくてボコボコにされた。だけど、おれは許しを請うたりしなかった。なるべくガードを固めて、歯を食いしばり、マットの猛攻がやむまで耐えに耐えた。マットはやがて拳が痛くなったみたいで、ファックだとかシットだとか捨て台詞《ぜりふ》を吐いて去った。キーンズバーグ。サウス・パイン・ストリートの道端に横たわったまま、おれはひとり、胸の中でひそかに凱歌《がいか》をあげていた。おれはオタクだが、弱くない。馬鹿でもない。もっと強くなって、夢を叶《かな》えてやる。あれからどれくらい経《た》ったのか。

どうして、おれはこんなところに？

おれは夢を叶えたんだったか？

そうだ。おれは日本語を勉強した。教材は主にアニメとマンガ。あとはアニメソングとJPOP。それから日本の小説を読んだ。勉強もした。もともと理系の教科は得意だったし、日本語を独習するようになってからは文系の科目も嫌いじゃなくなった。ランニングしたり、しっかりストレッチしつつ筋トレしたりして、体も鍛えた。マットみたいな大男にはなれなくても、しなやかな筋肉がついた。女にはもてなかった。女だけじゃない。男もふくめ、誰もおれには寄ってこなくなった。おれは孤独に耐え、がんばり抜いて、とうとう交換留学生として日本の土を踏んだ。期間は約一年。帰りたくない、と思う日々。

なんでおれはこの国に生まれなかったのか。とにかくこの国はおれに向いていた。もちろん、おれはオタクだったが、むしろそのおかげで日本人たちはおれに親しみを感じてくれた。ホストファミリーのハザキさん一家に、実の家族にも抱いたことがないあたたかな家族愛を感じた。夢にまで見た日本の高校で、生まれて初めて本物の友だちができた。恋もした。女子高生、ＪＫのサツキ、そう、あの『となりのトトロ』に出てくる女の子と同じ名前の彼女ができた。おれとサツキは手を繋《つな》いでデートした。二人で土手の上の道を歩いたり、橋を渡ったり、書店に行ったり、公園のベンチに座ったりした。

「ジェシー、日本語めっちゃうまいよね」とサツキは何度も言ってくれた。「めっちゃ自然だよ」と。おれは天にも昇る気分だった。神は信じていないが、もし神に召されたら、こんな気持ちになるのかも。おれはサツキとキスをした。唇と唇を合わせるだけの、かわいらしいキス。でも、それだけだった。おれにはためらいがあった。だって、おれは帰らなきゃならなくて、ずっとサツキのそばにはいられない。これが初めてのキスなのか。サツキに訊《き》きたかったが、訊けやしなかった。だって、初めてじゃなかったら、それがどうしたっていうんだ？　おれが二人目、三人目だったら、気楽にもっと関係を進めてもいい、あわよくばセックスしてやろう、そういうことか？

おれはそんなふうには考えられなかった。サツキのことが真剣に好きだった。ありったけの誠意をこめて、今から思えば子供っぽいが、それでも自分らしく、サツキを愛したかった。当然、性欲はあった。サツキとデートしたあとは悶々《もんもん》として大変だったが、そんなものを解消するために彼女を利用したくはなかった。帰国しても、ネットだってあるし、なんとかなる。遠距離恋愛が成就しないと決まったわけじゃない。そう思うことはあっても、信じるとなると難しかった。日本国内で、新幹線か何かで行き来できるならまだしも、広大無辺な太平洋で隔てられる。普通に考えれば無理だ。日本を離れる日が近づくと、サツキは「あたしは遠恋、平気だから」と言ってくれた。おれは月並みなアイラブユーを繰り返すだけだった。それがおれの本音だったから。でも、別れをはっきりさせて彼女を傷つけたくはなかった。おれも傷つく準備ができていなかった。

離日してしばらくはネットでやりとりしていたが、一日に数回ビデオチャットしていたのが一日に一度になり、数日に一度になって、あるときサツキが「最近、ジェシー、なんか冷たくない？」と言いだして、謝ったらキレられた。それっきりだった。たぶん、気になる男でもできたんだろう。少し前からおれはそんな気配を察していたが、追及するつもりはなかった。おれは依然としてサツキを愛していたが、だからこそ縛りたくはなかった。サツキには誰よりも幸せになって欲しかった。そばにいないおれは、サツキの手を握ってやることもできない。だから、これでいいんだ。自分にそう言い聞かせた。

もっとも、おれはまた日本に行くつもりだった。母国が嫌いなわけじゃない。ただ、おれにはとことん合わない。母国で暮らしている間、おれはずっと自分がストレンジャーであるかのように感じていた。親もおれの実の両親じゃない。おれはどこか遠くの国で生まれたのに、間違ってここで育つ羽目になった。どう見たっておれは、ＵＳＡのキーンズバーグみたいな小さな町で育ち、家庭環境はよくないが最悪というほどではなく、成績が優秀だったからそれなりのハイスクールで学べて、なかなかの大学に進学した白人でしかないけれど、違う。これはおれじゃない。誰にもわからないだろうが、おれにだけはわかる。ここではおれは幸せになれない。

日本でなら、おれは自分自身でいられる。ありのままの自分として生き、サツキとよりを戻すことはできなくても、誰かすてきな女の子を愛して、いつの日か家庭を築くことさえできる。そのときこそ、おれは両親のことを愛せるだろう。何はともあれ、おれをこの世に生んでくれた。感謝して、なるべく親孝行しようと思うに違いない。つまり、何もかもよくなる。ぜんぶが好転する。おれには確信があった。交換留学生としての一年間で、おれは自信を深めていた。だから、大学に通いつつ、合法非合法問わずいろいろな手段を駆使して金を貯《た》め、数ヶ月の滞在費が用意できてしまうと、辛抱できなくなった。おれは大学を休学してデンバー国際空港からシアトル、バンクーバーと乗り継いで、成田空港へと向かった。ようやく日本に帰ってきた。歓喜と、安堵《あんど》。それがおれの実感だった。

「……なんでだ？　グリム、ガル……」

変だな。

おれは日本で。

——その、はずだ。

おれは大学時代に覚えた方法で金を稼ぎながら、オタクライフを送った。友だちが増えた。オタク友だちだけじゃない。リア充系の連中とも遊んだ。六本木にはあまり近づかなかったが、中野、池袋、新宿、そして秋葉原は庭のようなものだった。ずるずると滞在期間がのびて、このまま居着くにはどうするべきかと考えるようになった。とりあえず大学は辞めなきゃいけない。親にも説明くらいはしたほうがいいだろう。一度、帰国しなければならないが、めんどくさい。でも、このままってわけにはいかないか。ちゃんとした職に就いたほうが暮らしやすい。あてはあった。自分で言うのもなんだが、おれは要領がいい。けっこう器用な人間だ。何をやってもトップにはなれない。ただ、人並み以上にはこなせるから、なんとでもなる。

それで、——おれは、日本で。日本に、……いたはずなのに、なぜ……？

ここは、グリムガルだ。

気がついたら、グリムガルにいた。赤い月。月が赤くて、びっくりした。

いったい、何があった……？

だめだ。わからない。とにかく、ここは日本じゃない。グリムガルだ。それとも、すべて夢だったのか？

いつの間にか閉じていた目を開ける。まばらな雲。薄青色の空が見える。少なくとも東京の空じゃない。東京。そうだ。おれは東京にいた。それは間違いない。だいたい、ここは山の中だ。おのおの特徴的な七つの峰々を頂く七山《しちざん》。麓には灰色エルフたちが住む破れ谷がある。そう。ここはグリムガルだ。

ここで出会った人々、別れた仲間たちのことを、克明に思い浮かべられる。サツキや東京の友だちの顔も、同じくらい鮮明に記憶している。

妙だ。

ずっと忘れていたのに。

何があった？

どういうわけで、こうなった？

今となってはどうでもいい。なんでまだ息をしているのか。もう痛みすらも遠い。死ぬんだ。……死ぬ。——死ぬのか。サツキに会いたい。馬鹿な。何年会っていないと思っている？　死にかけて、頭がおかしくなっているのだろう。いや、でも、意識はやけに澄んでいる。指一本動かせそうにないし、瞼《まぶた》が閉じかけていて、明らかに間もなく死ぬ。それなのに、——死ぬのか。このまま、死ぬ。

予想外だ。もっと、だんだんと自分の存在自体が狭くなってゆき、見えなくなって、感情も、思考も薄らいでいって、ついに何もわからなくなる。即死するのでなければ、そんな幕切れを想像していた。違うのか。死ぬ。

死ぬんだ。

そろそろか。

まだか。

いつ終わるんだ。もういいかげんにしてくれ。

こんな具合に、じりじりしながら死を待たなければいけないとは。——何か、別の。

そうだ。別のことを考えよう。死のことはいい。どのみち避けられない。だからこそ死は恐ろしいのだと、身にしみてわかった。でも、こればっかりは仕方ない。怖がっていても怖いだけだ。気を紛らそう。グリムガル。

何なんだ、この世界は？　別の、——別の世界？　それとも、地球上のどこか？　いや、こんなにも広い人跡未踏の地が残っているはずがない。だとしたら、地球じゃない、他の惑星？　初めて太陽系外惑星が発見されたのは、一九九五年。以来、たくさん見つかっている。その中には、いわゆるハビタブルゾーン、生命が誕生するのに適した惑星もあるが、どれも遠い。ＳＦに出てくる超光速航法でも実現していなければ、とても行きつけない。他の惑星という可能性は現実的とは言えないだろう。——現実的？

グリムガルには魔法がある。神さえいるという。そもそも現実的じゃない。——ということは？

現実じゃない？

やっぱり夢なのか？

ありえない。こんなに長く、脈絡があって、ありとあらゆる感覚が伴い、精細で、漠々として深遠な夢があってたまるか。夢じゃない。まぎれもなく現実だ。

それでいて、日本の東京とグリムガルは繋がっていない。その間には、埋めがたい断絶がある。

別の世界。パラレルワールド？　多世界解釈というやつか。観測できないはずのパラレルワールドに、何らかの作用で遷移してしまった。突拍子もない考えだ。自分だけならまだ、極々々々々々小の確率でそんなことが起こってしまったのだと想定してもいい。ところが、そうじゃない。オルタナの義勇兵たちは大半が自分と同じ境遇の人間だった。

あれも現実。これも現実。——そこが違うとしたら？

あれが現実だと思っているから、これも現実だと信じられる。現実を現実と認識するベースになっているあの世界が、もともと現実ではなかったとしたら？

ふと思いついた。

シミュレーション仮説。

ある知的生命体、たとえば人類がコンピューターを発明して、その技術が宇宙をシミュレートできるくらい高度になれば、実際にそうしたシミュレーションが実行される可能性はきわめて高い。シミュレーションの中の人類が進歩して宇宙をシミュレートできるようになったら、シミュレーションの中でシミュレーションが実行されるだろう。そのシミュレーションの中でもシミュレーションが実行されうる。それらのシミュレーションの中では宇宙全体がシミュレートされているので、個々の生体も実在の生体と同じように振る舞う。シミュレートされた人間は、自分がシミュレートされていることには気づかないだろう。あるいはそうかもしれない、と疑ったとしても、この世界がシミュレーションだと証明する手立ては基本的にはない。

むろん、自分がシミュレートされた世界ではなく、唯一の実在する世界の住人だという可能性もある。しかし、宇宙をシミュレートすることができるなら、一つではなく複数のシミュレーションが実行されると考えたほうが妥当だ。シミュレーションの中ではシミュレーションが行われ、理論的にはシミュレートされた宇宙は無数に存在することになる。それに対して、実在の世界はたった一つだ。

果たして、自分はシミュレーションの中の人間なのか、それとも、実在の世界を生きる人間なのか？　無数か、一か？

当然、シミュレーション内の人間である可能性が圧倒的に高い。

　もともとはたしか、名前は忘れたがスウェーデン人の哲学者が提唱した仮説だ。何かの本で読んだのだったか。そのときは、へえ、なるほど、と感心しながらも、深刻には受け止めなかった。目の前の現実のほうがずっと大事だったし、人間一人をシミュレートするだけでも、非現実的と考えざるをえないほど技術的なハードルが高すぎる。宇宙全体をシミュレートするなんてとうてい不可能だ。あの時点では。

　しかし、時は流れる。最初のコンピューターと言われるＥＮＩＡＣが完成したのは一九四六年。それからたった数十年で、コンピューターは飛躍的な進歩を遂げた。ならば、百年後は？　千年後にはどうなっているのか？　人類が滅亡しないかぎり、いつかはかならず宇宙全体をシミュレートできるようになるだろう。そのときが確実にやってくるのだとしたら、シミュレーション仮説は仮説ではなくなる。

　たとえば、シミュレートされた世界Ａがある。その中で何番目かに実行されたシミュレーションＢがあり、Ｂの中で何番目かに実行されたシミュレーションＣがあるとする。Ｂのバグか何かで、Ｂ内の人間がＣに転写されるか移動されるかしたのだとしたら……？

　それが正解だとしても、シミュレーション内の存在でしかない人間が検証することはできない。ただ、実在する世界Ｘの地球にある国、日本の東京から、実在する世界Ｙ、グリムガルのオルタナに移動したと考えるよりは、遥《はる》かに受け容《い》れやすい。──シミュレーション。シミュレーションか。

この自分自身も、シミュレーション内のシミュレーションなのだ。

そう思うと、途端に自分の生死が軽くなったように感じられる。

空虚だ。

とはいえ、ものは考えようで、天国も地獄もない、科学的にありえないと信じていたが、ひょっとしたら死後の世界もシミュレートされているかもしれない。だとしたら、死は終わりではなく、新たな世界への旅立ちだ。

いずれにせよ、シミュレーションにすぎないわけだが。

「……誰か、見てるのか……？」

「ああ、見ている」

返事があった。

嘘《うそ》だろう？

頭を動かすことはできそうにない。眼球運動だけで声の主を探した。

いた。

足の先だ。

しゃがんでいる。

フードを被《かぶ》っていて、顔はわからないが、女だろうか。声も男というより女のものだったような気がする。言葉は、人間やエルフ、ドワーフらが使う、グリムガルの人間族が共通語と呼ぶ種類の言語だった。そういえば、なぜ共通語は日本語そっくりなのか。今、気づいたが、不死族《アンデッド》の言語はどこか英語に似ている。

「……どうでも、いいか。どうせ……」

「おもしろいことを話していた」と、女が言った。

「……話し、……てた？　誰が……」

「きみが」

「……声、……出し、てた、……のか。そうか。……誰も、……いないと、思って、たから。おれは、……ひとり、だと」

「熊にでも襲われた？」

「……ん」と、うなずくだけでも寿命が縮みそうだ。

笑える。

いいじゃないか。なけなしの寿命だ。十分先に死ぬのも、五分先に死ぬのも、一分先に死ぬのも、三十秒先に死ぬのも、大差ない。

だいたい、きっとこの命もシミュレーションでしかないわけだから、生きるだの死ぬだの考えるのも思うのも滑稽で、何の意味もない。

価値がない。

くだらなくて、馬鹿馬鹿しい。

いっそ、さっさと死んでしまいたい。

消えてなくなりたい。

「その熊、放っておいたら危なそうだったから、始末しておいた。たぶん、あれがきみに深手を負わせた熊だと思う」

「……そうか」

「どうしたの？」

べつに、どうもしない。

どうにもならない。

いかんともしがたい。

死に際に、こんな思いを抱くことになるなんて。

「泣いているの？」と女が尋ねた。

そうかもしれない。

気づきたくなかった。

何も知らないまま、死にたかった。

そのほうが楽だ。何がどうしてこうなったのか。原因がどうあれ、日本の東京からこのグリムガルに遷移した。そのとき、あの世界のことはほとんど忘れてしまった。思えば、それは何ものかの慈悲だったのかもしれない。

知る必要がない。知らないほうがいい。考えなくていい。

自分はシミュレーションにすぎないのか、そんなことはないのか、なんて。

偶然にせよ必然にせよ、自分はある場所に生まれた一個の生命体、一人の人間で、与えられた環境の中、懸命だったり、怠けたり、自棄《やけ》になったり、必死になったりしながら、限られた時間を駆け抜けて、いつか死ぬ。

英雄と讃《たた》えられる者もいれば、卑怯《ひきょう》者《もの》と罵られ、忌み嫌われる者もいるだろう。人を愛して幸福にする者も、人から奪い、人を傷つけるろくでなしもいる。あるときは善行をなし、またあるときは悪行に手を染める者だっているに違いない。卑小であれ、偉大であれ、その中間であれ、すべての生は独特であり、それぞれに価値がある。

少なくとも、当人にとっては、かけがえのない一生だ。

そう信じて死ぬほうがいい。

信じられるのなら、信じたい。

もう無理だ。

「死にたくないのかい？」と女が問う。

答える力は残っていない。

でも、言えるものなら言うだろう。

精一杯、声を張りあげて叫ぶだろう。

ＹＥＳ！

――と。

おれは死にたくない。

死を受け容れる準備はとっくにできていたはずなのに、すべてが虚構かもしれないと疑わざるをえなくなった。このまま死にたくはない。

わかっている。それでも何でも、おれは死ぬ。死ぬしかないのだろう。

だけど、いやだ。

もっと生きたいのか。それはわからない。ただ、こんな気持ちで死ぬのはいやだ。

「方法はある。一つだけ」と、女がどこか遠くで言っている。

遥か遠くで。

おそらくそうじゃなくて、おれが遠ざかろうとしている。

もう何も見えない。

おれは死のうとしている。

「――きみは興味深いことをいろいろ知っているみたいだから、このまま死なせたくない。名前くらい聞いておきたかったけど、あとにしよう」

そして、女は告げた。

「またね」と。

1．獲物たちの秘めた心

さすがにもう振りきったんじゃないか。そう思っていたのに。甘かったのか。

鼻だけで静かに息をしながら、かすかに顔をしかめる。

体の状態は悪くない。痛む箇所はないし、程よく力が抜けている。空腹だが、餓《う》えているというほどじゃない。問題は精神面だ。逃げまわるのはきつい。それでも、ようやく撒《ま》いた。ほっとした矢先に、これだ。

U・ho、U・ho、U・ho、U・ho、U・ho……。

やつの声がする。まだ追ってくるなんて。しつこいなんてものじゃない。信じられない執念深さだ。距離はおよそ五十メートル。いや、もっと近いか。背にしている樹木から顔を出し、目で見て確認したい。――しないけどね？　やつらの嗅覚は人間よりすぐれているようだが、熊みたいに敏感ではない。聴覚も犬や猫ほどよくはないし、視力は人間と大差ないだろう。それでいて、やつらは人間が察知できない気配を感じとる。やつらがとくに鋭敏なわけではなくて、人間が鈍いだけなのかもしれない。

自分たちはやつらより劣っている。そう肝に銘じて、慎重に、周到に、用心に用心を重ねて行動しなければならない。

眼球と頭だけ動かして、あたりを見まわす。

緑。緑。緑。緑、緑、緑、緑、緑、緑、緑。他の色もあるにはあるが、どこもかしこも緑色の葉や草や蔓《つる》や苔《こけ》だらけで、緑一色に塗り潰されているかのような印象を受ける。

クアロン山系の南西。ワイバーンが棲息《せいそく》しているのは北のほうだから、このへんは比較的安全なのではないかと思う。ワイバーンが飛ぶ姿を見かけないので、たぶん。その山腹に広がる、森というよりも密林だ。急だったりなだらかだったり、変化の多い斜面に生い茂る木々の枝葉が日の光を遮っていて、場所によっては薄暗い。地表まで届く光量が少ないから、だいぶ楽だ。

思えば、オルタナ一帯やワンダーホール周辺は、ときどきえらく寒かったり妙に暑かったりしても、そう長くは続かない。おかげで、季節というものを意識することがあまりなかった。そのうえ二百日以上、ダルングガルにいたせいか、どうもぴんとこないのだが、グリムガルは現在、七月の半ばらしい。

夏なのだ。黙っていても、じっとりと汗がにじむ。日陰にいるので、まだましだ。それでもかなり蒸し暑い。

「U・ho、U・ho、U・ho、U・ho、U・ho……」

またやつが鳴いている。喉から胸を震わせる特徴的なあの鳴き声は、仲間に何か報《しら》せているのか。それとも、相手の、――つまり、こっちの反応を探っているのか。いずれにせよ、さっきよりも鳴き声が少し近い。やつは近づいてきている。

やつの仲間はどこにいるのか。そばまで来ているのだろうか。こっちの仲間は、ここから二十五メートルほど離れたところの窪《くぼ》みや茂みに分散して身を隠している。

自分は今、さぞかし眠そうな目をしていることだろう。もちろん、眠くはない。これっぽっちも。

引き返して仲間たちと合流するか。忍び歩き《スニーキング》にはそこそこ自信があるけれど、もしやつに勘づかれたら？　なるべくリスクを冒したくない。でも、やつがこのまま接近してきたら、遅かれ早かれ見つかる。自分一人では対処できないので、結局、仲間の助けを借りないといけない。

迷っていたのは一秒か二秒だ。決断して忍び歩き《スニーキング》を開始しようとしたら、激しく草木にぶつかったりかき分けたりする音や足音が聞こえはじめた。やつは「Ｈｏ、Ｈｏ、Ｈｏ、Ｈｏ！」と叫んでいる。駆けているのだ。こっちに来る。気づかれたのか。これは悠長に忍び歩き《スニーキング》なんかしている場合じゃない。走れ。走れ。走れ、走れ、走れ！

ただ、ここは地上根がうねっていたり、岩がせり出していたり、それらが苔むして滑りやすくなっていたりする山中の密林だ。やつらは前脚の拳をついて四足歩行する。あのナックルウォークは悪路でも体勢が崩れない。平地ならともかく、ここではあっちに分がある。それも、圧倒的に。たぶん、あっという間に肉薄されてしまうだろう。背を向けたままだと、やられる。だったら、どうすれば？

振り返って、迎え撃つ。仲間たちを呼ぶ。やつの攻撃をしのぐ。仲間たちが駆けつけてくるまで、なんとか時間稼ぎをする。これしかない。

足を止めたら、フニャァァァァアオゥという甲高い声が響き渡った。

「キイチか……!?」

ニャア。あれはニャアの声だ。振り返る。やつもびっくりしたようで、左上のほうに視線を向けていた。

絶好の機会だ、とは思わなかった。こっちから注意がそれている。それと知った瞬間、体が勝手に動いた。

錐状短剣《スティレット》と護拳付きナイフを抜きながら、やつめがけて突進する。

やつは体長二メートルくらい。直立しているわけじゃないから、頭高は一・五メートルほどだ。そうはいっても、でかい。猿。体つきは大きな猿だ。もっとも、やつらの体表は、大半が殼皮《かくひ》という黒褐色の外骨格みたいな組織で覆われている。まるで鎧《よろい》でも着ているかのようだ。オスは後頭部から背にかけて鬣《たてがみ》状の毛角《もうかく》が密生しており、成熟するとこれが赤色化する。こうしたレッドバックと呼ばれるオスを中心に、メス数頭、その子供たちによって形成される群れで、やつらは狩りをしながら暮らしているらしい。

グォレラ。

やつらはそう呼ばれている。

メスはオスより一回り小さいが、やつはオスのレッドバックだ。前脚、すなわち腕も、首も、肩も、胸も、腹も、腰回りも、後脚も、恐ろしいほどたくましい。見るからに筋力がすごそうだ。実際、小柄なメスでも人間の五体を引きちぎってしまえる。レッドバックはやばい。本当にやばすぎて、まともにやりあったら勝てっこない。当然、怖い。——が、相手が怖くないことのほうがむしろ少ないんじゃ？　ということは、いつもどおりだ。

「やるぞ……！」

自分を叱咤《しった》しつつ仲間に呼びかけて、レッドバックに躍りかかる。レッドバックはこっちを向き、「Ｄｕ・Ｈｏｏｈｈｈ……！」と雄叫《おたけ》びをあげた。腕だ。右腕を振りまわす。あんなものを食らったら一発で沈められる。想定どおり、急停止。目の前をやつの右手が行きすぎる。間髪を容《い》れず、左腕が来る。横薙《な》ぎだ。ぐっと伸びてくる。あの左手につかまったらおしまいだ。だからこそ、落ちついて。よく見ろ。回避する。下がりはしない。右だ。右前方。身を投げだす。

やつの左腕をすり抜けるようにして、やつから見て左へ。

転がって、やつの背後をとろうとする。

やつは後ろをとられまいと、その場で飛び跳ねるようにして回転した。

すかさず方向転換。こっちが逆回りに転じたら、やつは少し遅れた。

攻める。——と、見せかけただけで、やつはびくっと身構えた。

でも、これがふりだということを、やつはすぐに見抜く。虚仮威《こけおど》しにすぎないと。この獲物は恐れるに足りない。たぶん、やつはそう見なして犬歯を剝《む》きだし、嵩《かさ》に懸かって襲いかかってくるだろう。

こうなったらもう、脅しも小細工も通用しない。やつが迫ってくる。とんでもない勢いだ。腰が引ける。次は躱《かわ》せないかもしれない。でも、ほんのちょっとだが、時間を稼ぐことはできた。何を隠そう、それが目的だったのだ。

「ダーク、行って……！」

仲間の声が聞こえた。

とっさに体勢を低くする。何かが頭上を通りすぎていった。その何か、——拳大の人形というか星形の黒いもの、エレメンタル・ダークがレッドバックにぶちあたる。

「Ａ・Ｆｕ……！」

やつは全身を震わせてのけぞった。そのまま倒れそうになったが、持ちこたえそうだ。とはいえ、ダメージはある。今のうちだ。

身をひるがえす。逃げるわけじゃない。距離をとらないと。

「ハルヒロ……！」

鷹《たか》の頭みたいな形をした兜《かぶと》を被《かぶ》り、金属製の盾をたずさえ、大刀を片手持ちしている長身の男が、「おおおおぉぉぉ……！」と雄叫びをあげながら駆けてくる。それから、緋《ひ》色《いろ》と藍色の布や革で体じゅうを覆っている隻腕の男も。男というか、まあ元は男なのだろうが、彼は人間じゃない。人造人間だ。

「クザク、エンバ、頼む……！」

「うぃっさあ……！」

クザクは元気よくそう答えたが、エンバは無言だ。

二人とすれ違う。

振り返ると、クザクは大刀、エンバは長くて太い左腕で、レッドバックに打ちかかるところだった。

「ぬうううぅぅぅれえええぇぇぇ……！」「――ッ……！」

「Ｎｕ・Ｈｏｏｏｏｈｈｈｈ……！」

レッドバックは両腕を振るってクザクの大刀とエンバの左腕を弾《はじ》き返す。エンバは下がったが、クザクは踏みとどまった。レッドバックの右腕が、左腕が、矢継ぎ早にクザクを攻めたてる。クザクは右へ左へ盾を動かして、これを防ぐ。「――てぇっ！　ぬあっ！　くおぁっ！」と確実に受け止めている。ああやって守りを固めに入ったときのクザクは、ちょっとやそっとのことでは揺らがない。百九十センチを超える恵まれた体軀《たいく》は、膝をぐっと曲げ、腰を充分落としても、じつに大きく見える。

「ッ……！」と、エンバが横合いからレッドバックに攻め寄せた。

たまらずレッドバックが斜めに飛びすさる。

「――うらぁっ……！」

クザクが盾を下げずに大刀を突きだして追撃。強突《スラスト》から懲罰の一撃《パニッシュメント》へと繋《つな》ぐ連続技《コンボ》だ。

レッドバックは後退する。エンバはレッドバックの側面に回りこむつもりのようだ。

押している。

いや。そう思うのはまだ早い。

レッドバックが樹木を背に、――しそうになったところで、跳んだ。

後ろへ。

そうして樹木を蹴り、クザクに飛びかかる。

「がっ……!?」

クザクはかろうじてレッドバックの奇襲を盾で防御した。でも、盾ごと蹴っ飛ばされる恰好《かっこう》になって、ひっくり返った。助けに入ろうとしたエンバを、レッドバックが右腕を猛然と一振りして打ち払う。クザクは逃げられないと判断したようだ。盾で上半身を庇《かば》おうとした。

「Ｈａ……！」

グォレラは執拗《しつよう》で、頭がいい。クザクは致命傷を避けるために頭や首、心臓のある胴体を防御することを選んだ。それは間違っていない。正しい選択だと思うが、そうすると下半身が無防備になってしまう。レッドバックは見逃さずにクザクの右脚をわしづかみにし、力任せにぶん投げた。

思わず「クザァァーク……！」と絶叫してしまった。

クザクは五メートルほども吹っ飛んで樹木の幹に激突し、地面に落ちた。そんな目に遭っておきながら、大刀も盾も手放さないあたりはさすがだ。――大丈夫。立てるかどうかはわからないけれど、息がありさえすればなんとかなる。

「メリイ、クザクを！」

「ええ！」

「ユメ……！」

「にゃん！」

声をかけるまでもなかったか。我らが狩人《かりゅうど》は低い姿勢で長いお下げ髪と外套《がいとう》をなびかせ、レッドバックに詰め寄ろうとしていた。手には片刃の剣。刀を両手持ちしている。刀塚と呼ばれる場所で見つけたものだ。彼女が身につけているのは剣鉈術《けんなた》で、もともと剣鉈は薪《まき》割《わ》りや枝打ちに使われる。刀は狩人の武器じゃない。でも、そんなことは関係ないと断言してしまえるほど、彼女の刀捌《さば》きは堂に入っている。

草木を刈りとるように刀を振るう刈り払いから、斜め十字へと繋ぐ。得意の連続技《コンボ》はむしろ、剣鉈や湾刀を使っていたときよりも冴《さ》え渡っている。

レッドバックが横っ飛びしてよけると、ユメは前方宙返りして刀を振り下ろした。

「がぉっ……！」

猛虎《もうこ》。

強気で大胆きわまりないユメの攻めにたじろいで、レッドバックはさらに後退する。そこにエンバが詰めていた。跳び蹴りだ。レッドバックは左の脇腹にエンバの跳び蹴りを食らい、よろめいた。

メリイはクザクを助け起こそうとしている。ユメとエンバがレッドバックを遠ざけてくれたおかげで、メリイは心置きなくクザクを治療できるはずだ。

ユメが「のっちゃあ……！」と掛け声を発し、エンバは黙って、レッドバックを猛襲する。ここからだ。やつの殻皮を突き破れるか。やつはしゃがみこみ、両腕で頭を抱えるような体勢になった。

「──うにょっ……」

ユメの刀が撥《は》ね返された。

エンバはまたレッドバックに跳び蹴りを見舞ったが、今度はびくともしない。

やつはすぐさま反撃に転じた。両手で地面をバンッと叩《たた》き、反動をつけてエンバに体当たりする。エンバは躱せず、突き倒された。エンバにのしかかろうとするレッドバックに、ユメが「こにょおっ……！」と斬撃を浴びせる。だめだ。殻皮に弾かれた。レッドバック

はもうユメの刀を恐れていない。このままだと、エンバが。——させないけど。

ハルヒロも手をこまねいていたわけじゃない。護拳付きのナイフをしまって戦況をうかがいつつ、隠形《ステルス》で気配を消し、木によじ登っていた。

レッドバックとエンバの、真上とまではいかない。でも、いける。ここから二時の方向に跳べば、届く。

飛び降りる。

錐状短剣《スティレット》の先端は鋭い。斬ることはほとんどできないが、適切な角度で充分に力を加えれば、頑丈な金属の鎧《よろい》でも刺し貫ける。

レッドバックはハルヒロに気づいたようだ。頭上を振り仰ごうとした。その途中だった。ハルヒロはやつの頭頂、やや左寄りの位置に錐状短剣《スティレット》をぶちこんだ。着地のことは考えていなかったが、やつの体にしがみつくような形になった。

「N・GgggggggggNNnnnnnnnggggg……！」

レッドバックが声にならない叫びをあげて身をよじる。両腕を振りまわし、ハルヒロをバッシバシ叩いた。ものすごい衝撃だが、離れない。離れてやるものか。手応えがあった。ハルヒロの錐状短剣《スティレット》はレッドバックの殻皮だけじゃなく、頭蓋を突き破っている。脳まで達しているかもしれない。両手で錐状短剣《スティレット》の柄《つか》を握りしめ、ありったけの力をこめる。

「Gu・Aaaaaaaaahhhh……！」

痛くてたまらないのか、ハルヒロを振りほどこうとしているのか、やつはついに転げまわりはじめた。ユメが「――ハルくん！」と声を張りあげる。「ハル……！」と、あれはメリイじゃなくて、シュロ・セトラの声か。周りを見るゆとりはないが、仲間たちの声は聞こえている。まだだ。まだ粘れる。ハルヒロはレッドバックの体に両脚をしっかりと巻きつけ、毛角がグサグサ刺さろうと、頭や肩や背中や腰をどこかに打ちつけようと、やつの頭の中に錐状短剣《スティレット》をねじこみつづけた。こいつの動きを止める。せめて鈍らせる。そうすれば。できるだけ時間をかけたくない。早くしとめないと、まずい――。

東はクアロン山系、北はホワイトロック大山系、西はネヒの砂漠、南はナルギア高地とリンストーム山系に囲まれている千の峡谷《サウザンバレー》は、南北二百五十キロ、東西百五十キロにも及ぶという。何本もの大河と数えきれないその支流がこの地でぶつかりあい、絡みあって、入り組んだ無数の谷と丘が行く手を阻む。中央部の百キロ四方くらいは年中霧深く、視界まで極端に悪いのだから、大自然が人間の立ち入りを禁じているようなものだ。一説によると、神々がその昔、青かった月が赤く染まるまで激しく相争った結果、土地が荒れ果てたのだとか。霧を呼び寄せたのは、戦いに敗れて首だけに成り果てたある神の呪詛《じゅそ》だともいう。

オルタナまでの最短経路は、ひたすら南を目指せばいい。ナルギア高地かリンストーム山系を越えて、旧アラバキア王国領を通り抜け、黒金連山《くろがねれんざん》とディオーズ山系の間に横たわるボード野《や》、灰色湿原《はいいろしつげん》を経由して、風早荒野《かざはやこうや》に入ってしまえばこっちのものだ。あとは南南西に三百数十キロ進めば、オルタナに到着する。少なくとも、シュロ・セトラが以前、見たことがあるという地図ではそうなっていたらしい。

問題はある。

というか、ありまくりだ。

まず、遠い。あまりにも遠すぎる。――が、最短経路で七百キロから八百キロの旅を覚悟しないといけないわけだから、これは言ってもしょうがない。距離はよしとしよう。受け容《い》れるしかない。

距離以外の問題点を挙げるとしたら、ナルギア高地から先、旧アラバキア王国領には、かの不死の王《ノーライフキング》が成立させた諸王連合時代からの有力者らが割拠していて、砦《とりで》や大きな街がたくさんあるらしいことだ。千の峡谷《サウザンバレー》も人間族にとっては敵地といえば敵地だが、その比ではない。とくにオークたちは人間を見かけたら引っ捕らえ、問答無用で殺してしまう。土地勘がまったくないハルヒロたちが手探りで進むのは自殺行為に近い。平地をなるべく避け、オークらが住んでいない山中を歩いてゆくという手もあるが、ずっと山伝いに南下できるわけではないし、言うまでもなく山越えだって危険だ。

最短経路は選択肢から除外するしかない。急がば回れ。遠回りすることになっても、できるだけ安全な道を行く。

北のホワイトロック大山系は単なる巨大山脈じゃない。白銀の万年雪を戴《いただ》く山々に抱かれている旧イシュマル王国の王都と、その周辺に散らばる数々の要塞、都市こそが、いわゆる不死の天領《アンデッドDC》、――不死族《アンデッド》の本拠地だ。ソウマたちは不死の天領《アンデッドDC》への侵入を目論《もくろ》んでいるみたいだが、とりもなおさずそれは、まともに近づいたらただではすまない、ということでもある。方向も正反対だし、北は却下だ。

ネヒの砂漠はもともとナナンカ王国の領土だった。見渡すかぎり岩と砂しかないかのようでいて、じつはオアシスが点在しているらしい。オアシスにはたいてい町があり、オークや不死の王《ノーライフキング》に与《くみ》した種族の者たちが住んでいる。何百年も砂漠で暮らしてきたザファと呼ばれる人間族の民も、いまだに命脈を保っているとか。とはいえ、砂漠を知らないハルヒロたちが足を踏み入れるのは無謀すぎる。そんなわけで、西もだめだ。

東しかない。

最初は北東に進んでクアロン山系を迂回《うかい》することを考えた。でも、そっちのほうは旧イシュマル王国領で、不死族《アンデッド》がうようよいるようだ。それに、クアロン山系の北側にはあのワイバーンの棲息地《せいそくち》がある。ワイバーンは不死族《アンデッド》を食べないらしいが、ハルヒロたちはおいしい餌だ。かつてイシュマル王国では、ワイバーンを無害化したり飼い慣らしたりするための知識や技術が伝えられていたとか。セトラ曰《いわ》く、それらはイシュマル王国が滅んで失われた。何しろ、苦心惨憺《くしんさんたん》してワイバーンを追い払ったあとだった。あんな生き物がいる場所には絶対に近寄りたくない。

さてはて、どうしよう、と額を集めて話しあっているところに〝颱風《タイフーン》ロックス〟のクロウがひょっこり現れて、五分刈り神官ツガを連れていってしまった。「おいツガぼんず、行くぞ」、「あ、うん。じゃ、またね」という、たったそれだけのあっさりしすぎた別れで、呆気《あっけ》にとられてしまい、地理に明るそうなクロウに助言を仰げなかったのが、かなり痛い。今となっては、ロックスがどこへ向かったのか、何をしているのか、まったく不明だ。できることなら彼らについていきたかった。同じ暁連隊《DAYBREAKERS》の仲間なのに、冷たいにも程がある。まあ、一緒にいたら一緒にいたで、大変そうではあるのだが。

そんなわけで、霧が晴れないことを願いつつ、ハルヒロたちはとりあえず東に向かった。しばらくするとジャンボ率いるフォルガンの追っ手が迫ってきて、右往左往する羽目になったり、でかい川にぶちあたって渡れなかったり、谷底の洞窟に身をひそめて追跡を躱《かわ》したり、正体不明の獣に襲われたり、謎の病気になったり、——本当に、いろいろなことがあった。結局、一度も追っ手と斬り結ばずにすんだのが奇跡のように感じられる。クザクとユメが武器をなくしていたから、戦わずにすんで助かった。霧が立ちこめていて地形が複雑な千の峡谷《サウザンバレー》でなければ、ああはいかなかっただろう。そのぶん、セトラでさえ迷うことがあったし、進みたい方向になかなか進めなかったりもした。直線距離にしたら五キロほどなのに、その倍も三倍も歩かないといけない。そんなことはざらだった。そもそも、行き先を決めたところで、そこに辿《たど》りつける保証はないのだ。進む方角を東と定めても、東に行けるとはかぎらない。

千の峡谷《サウザンバレー》は魔境だ。

ツガ、クロウと別れたのが六月十五日。七月に入ってすぐ、ハルヒロたちは刀塚と呼ばれているらしい場所に辿りついた。セトラによると、そこは隠れ里のほぼ真南に位置していて、五十キロも離れていないという。十六日もかけて、五十キロ足らずしか進めなかったのだ。しかも、東に向かうつもりだったのに、南って……。

もっとも、迷いこんだわけじゃない。刀塚は古戦場で、三十平方キロほどの台地に膨大な屍《しかばね》や武具が散乱している。まだ不死の王《ノーライフキング》の呪いがグリムガルの辺境に影響を及ぼす前に、戦死した者たちなので、動きだすことはない。だいたい、遺骸にしろ、武器や防具にしろ、大部分は朽ちかけている。隠れ里の人々も寄りつかないらしいが、ひょっとしたらまだ使える武器が手に入るかもしれない。それに、刀塚のあたりまで行けば、東や西、それから南にも比較的抜けやすいのだという。

見るからに不気味な場所ではあった。ものすごい量の骨が折り重なり、あちこちに突き立てられている刀剣、槍《やり》のたぐいは、戦士たちの墓標のように見える。霧は薄く、湿った風が吹いていて、今、あそこで何か動いた、——と思って目を凝らすと、槍に吊《つる》された頭蓋骨だったりするのだ。

骨を踏まずに歩くことはできない。片刃の刀でも、両刃の剣でも、槍でも、斧《おの》でも、盾でも、鎧でも、何だって見つかる。ただし、どれもこれもぼろぼろに錆《さ》びていたり、腐食していたりして、持ち上げた途端、崩れてしまうことも少なくない。

品質が違うのか、偶然なのか、何かが作用しているのか、ごくごく稀《まれ》に、汚れているだけで、劣化していないものがある。

圧倒的に数の多い刀でいうと、割合は百本に一本、いや、数百本に一本だろうか。

刀塚をうろついて、ハルヒロたちはがっしりした大刀と、厚くてやや短めの刀、それから、重くて大きな盾を発見、というか、骨の山の中から発掘した。もちろん、研いだり修復したりする必要はあった。いくらか手間はかかったが、クザクとユメが戦える状態になったのは大きい。それと引き換えに何かを失うことになるなんて、思ってもみなかった。セトラですらまるで予期していなかったのだから、仕方ない。

どこか遠くで、ギャア、と悲鳴があがった。ニャアだ。すぐにわかった。

セトラは里で百匹以上のニャアを飼っていた。そのうち八十匹ほどをフォルガンとの抗争に投入し、十数匹が犠牲になって、その後の逃走でさらに十四匹余りが脱落してしまった。それでもなお五十数匹のニャアが周辺に散って、セトラの目となり耳となっていた。ハルヒロたちの前によく姿を見せるのはキイチという名の灰色ニャアくらいで、他のニャアたちはいるのかいないのかさえわからない。たまにニャアの鳴き声がして、セトラがうなずく。それで、ああ、ちゃんといるんだな、と思う。

ニャアは餌を与えられなくても自力で狩猟、採集して腹を満たし、飼い主に奉仕しつづける。そう躾《しつ》けられているにしても、犬より忠誠心が強く、それでいて独立心も旺盛で、見た目は愛らしい。刀塚までの道中、ニャアたちが一行の食料を調達してくれた。大袈裟《おおげさ》でもなんでもなく、一行にとってニャアたちは生命線だった。ニャアたちがいなければ飢え死にしていただろう。

そのニャアに危険が迫っている。当然、ハルヒロたちも安全ではない。セトラが、チ、チ、チ、と舌を鳴らすと、霧の向こうからニャアの高い声が返ってきた。たったそれだけのやりとりで、セトラは何かを察したらしい。

「移動するぞ、ハル。急げ。ニャアたちは散開させて逃がす。当分、援護は期待できない。さあ！」

「わかった」

ハルヒロがうなずいてみせると、セトラは、シーッ、シッ、シーッ、と鋭い摩擦音を発した。ニャアたちに命令を下したのだろう。何やら不測の事態が起こったようだ。セトラの様子から、それなりに深刻な状況らしいと理解してはいた。でも、あとから考えれば、認識が甘かったと言わざるをえない。ハルヒロたちはすぐに刀塚をあとにして東を目指した。早急に手を打てたから被害が最小限に抑えられたし、まあなんとか切り抜けられるだろう。そのときはそう思っていた。

愚かだった。

——やっと、動かなくなった。

動いていない、はずだ。

たぶん、息をしていない。おそらく、死んでいる。

ハルヒロは仰向《あおむ》けになっているレッドバックの背中に組みついていた。錐状短剣《スティレット》は根元までやつの頭部に突き刺さったままだ。クソ重い。体の半分、いや、三分の二くらいはやつの下敷きになっている。ついでに、やつの毛角が刺さっていて、しゃれにならないほど痛い。痛いといえば、どこもかしこも痛くて、もはや痛くないところのほうが少ないんじゃないかと思えるほどだ。だいぶやつにぶっ叩《たた》かれたし。地面や木に強打したりもしたし。流血だってしているし。骨も、一本や二本は折れているかもしれない。

「……ていうかさ」

よく、生きてるよな。

安堵《あんど》してしまいそうになって、いやいやいや、待て待て待て、まだまだまだ、と自戒する。レッドバック。こいつ、本当に死んでるのか？　右手で錐状短剣《スティレット》の柄《つか》を握ったまま、左手でやつの首筋を探る。脈があるか確かめようとしたのだが、よくわからない。よくというか、さっぱりだ。だいたい、グォレラは人間みたいに脈をとれるものなのか。殻皮もあるし。無理っぽい気も。全身が弛緩《しかん》しているのは間違いない。めちゃくちゃ重いし。そうでなくても人間より体重があるはずなので、重みはあてにならないか。そうだ。重くて当然だ。――重い。苦しい。痛い。やばい……。

「ハル……！　みんな、手伝って！」

救い主がやってきた。クザクがレッドバックを「ふんっ……！」と持ち上げ、その隙にユメが「――んにゃっ！」とハルヒロを引っぱり出す。メリイ。メリイがすごい形相で屈《かが》みこんだ。「もう！」とか「また！」とか言いたそう。怒ってるのかなあ。弁解したい。そんなにムチャしたわけじゃないし。いけると思ったし。早く決めなきゃっていうのもあったし。……ごめん。ハルヒロは心の中で謝った。とりあえず、今はじっとしていよう。

メリイは額に六芒《ろくぼう》を示す仕種《しぐさ》をした。

「光よ、ルミアリスの加護のもとに！　光の奇跡《サクラメント》……！」

シホルは杖《つえ》にしがみつくような姿勢できょろきょろしている。エンバを従えたセトラはなんだかおもしろくなさそうだ。光があふれて、まぶしい。ハルヒロは目をつぶった。

刀塚から東に進みはじめて間もなく、セトラのニャアを殺したのはグォレラだということがわかった。「ついてない」と、セトラは不愉快そうに言ったものだ。「よりにもよって、グォレラの群れに狙われるとはな。やつらはとんでもなく執念深い。そう簡単にはあきらめてくれないぞ」

セトラはニャアたちを逃がしたが、灰色ニャアのキイチだけは手許《てもと》に残した。キイチは一番賢くて、忠実で、気が利いて、身体能力も高いニャアなのだという。他のニャアたちから信頼されてもいる。落ちついたらキイチにニャアたちを捜させればいい。いつまで経《た》っても落ちつきそうにないわけだけど。

刀塚を離れた翌日、初めてグォレラの姿を遠目から見た。小柄で毛角が確認できないことから、メスのようだった。相手もこっちを見ていた。つまり、見つかったのだ。

メスグォレラは、Ｐｏ・Ｐｏ・Ｐｏ・Ｐｏ・Ｐｏ・Ｐｏ……と、破裂音的な声を発した。グォレラの生態を知らなくても、警戒、もしくは通知、合図だろうと推測するのは難しくなかった。どこかの馬鹿なクズ野郎がいたら、迎撃を主張したかもしれない。でも、やつはもう仲間じゃないし、セトラ曰く、グォレラの群れは通常、二十頭ほどだという。手強《てごわ》いレッドバックは一頭しかいないが、メスだって人間よりはずっと強健だし、若いオスたちはやんちゃで凶暴だ。隠れ里の人々がグォレラの群れを排除する必要に駆られたときは、精鋭の武士や死霊術師、隠密《おんみつ》が数十人がかりで臨むという。

ハルヒロたちは慌てて逃げだした。暗くなってからも足を止めずに歩いて、もう大丈夫だろうと一休みしようとした夜明け前に、若いオスグォレラの集団に奇襲された。どうにか一頭殺すとやつらは撤退したが、依然としてグォレラに捕捉されていると考えなければならない。戦っても勝ち目はないので、逃げるか、隠れるか。

それからの日々のことはあまり思いだしたくない。

つらすぎて。

ハルヒロは目を開けた。メリイが睨《にら》んでいる。いや、べつに睨んでいるわけじゃないのかもしれないけれど、表情が怖い。また叱られるんだろうなあ。メリイが何か言おうとしたので、ハルヒロは身構えた。

「用がすんだらどけ」と、セトラがメリイを押しのけた。

「あっ……」

メリイは転びそうになった。なんてことを。これは抗議してもいい。自分がやられたわけじゃないが、ハルヒロは頭にきた。メリイはもっと腹が立ったはずだ。それなのに、メリイは下を向き、一つ息をついて、なぜか逆に「ごめんなさい」とセトラに謝った。

「わかればいい」

セトラはハルヒロの真ん前にしゃがんだ。偉そうに。——そうなんだよ。セトラはとにかく態度がでかい。恩着せがましいし、言葉がきつくて、配慮とか気配りとか心遣いといったものがなさすぎる。一言もの申してやろうとしたら、セトラが両手をのばしてハルヒロの後頭部をガッとつかんだ。

「平気か」

「……え。うん。あの、……メリイが治してくれたし。怪我《けが》はもう、すっかり」

「傷が消えればもとどおりというわけでもあるまい」

セトラはかすかに首を傾ける。——なんか、近いんだけど。顔が。十五センチ未満。十二、三センチだ。これ、ちょっと近すぎなんじゃ……？

視線をそらしたら何をされるかわかったものじゃない。この距離で見つめあうのって、どうなんだろう。けっこう、かなり、恥ずかしいのですが？

それにしても、目、かなりおっきいよな。セトラって。今さらだけど。こぼれそうなほど大きな目の下に、隈《くま》ができている。疲労のせいだろうか。隈はもとからあったような気もする。——あれ？　なんとなく、誰かに似てない？

誰だろう。

「ハル」と生意気そうな唇が動いて、ハルヒロの名を呼ぶ。

はっきり訊《き》いたことはないが、セトラはハルヒロと同じくらいか、少し年下だ。でも、出会って以来ずっと、年長者のような態度を貫いている。セトラは誰に対してもそうだ。高飛車が板についている。

「……な、何？」

「おまえは私の恋人だ」

メリイが呟《せ》きこんだ。ハルヒロはついそっちに目を向けてしまいそうになったが、セトラがへそを曲げる恐れがあるので思いとどまった。いや、だけど待って？　恋人というか、正確には、セトラが飽きるまで恋人として振る舞っているだけであって。

セトラには借りがある。力を貸してもらった。助けられた。ハルヒロは左目を摘出してセトラに渡すことになっている。それについては納得しているし、恋人のふりだってしないわけにはいかない。おまえは私の恋人だろう、とセトラに尋ねられたら、はい、そのとおりです、とハルヒロは答えるだろう。かといって、本当に恋人かというと、断じてそんなことはない。

あくまで演技であり、ごっこ遊びのようなものだ。セトラはそこのところを理解しているのだろうか。もちろん、わかっているはずだ。恋人のように振る舞え。彼女はハルヒロにそう要求した。あのときは知りあったばかりだったし、ありえない話だが、たとえば彼女がハルヒロに興味以上の恋愛感情らしきものを抱いていたのなら、恋人になれ、でよかったはずだ。

ようするに、これはたわむれにすぎない。

「ハル。私はおまえが心配だ」

そんなことを真剣な顔でまっすぐ伝えられても、反応に困る。

「……あ、あり、……ありがとう……？」

かろうじてそう返すと、セトラは「くっ」と短く笑い、ハルヒロの髪の毛を両手でわしゃわしゃと引っかきまわした。

「まったくおかしな男だ、おまえは。そういうところが気に入っているんだがな」

「そ、……そう、なんだ」

「ああ。おまえに死なれたらたまらん」

今、猛烈に茶化したい。またまたぁ。なに言っちゃってんすかセトラさん、やだなあもう、とか言いたい。言ったら殴られそうだし、言わないし、言えないけど。

「……や、おれもその、死にたいとか、これっぽっちも思ってない、……よ？」

「仲間を信じていて、勝算があるからやった。そう言いたいんだろう？」

「まあ……」

「だが、私の目には危ない賭けにしか見えなかった。おまえは自分の価値を低く見積もりすぎだ。だから、簡単にその身をなげうてる。それはおまえの長所だが、欠点でもあるんだぞ。わかっているのか？」

わりと、わかってたりするんだけど。シホルやメリイに指摘されたこともあるし。でもまさか、セトラにこうやって忠告されるとは思ってもみなかった。

正直、意外だ。

そこまで親身になって、ハルヒロのことを考えてくれているなんて。

「おまえが死んだら」と、セトラはメリイやシホル、ユメ、クザクを見まわした。「こいつらはどうなる？　多少は使えたり、一芸に秀でていたりしても、基本的には頼りない連中だ。おまえなしでやってはいけない」

「……それは、ね」とクザクが呟《つぶや》いた。「マジ、そのとおりだよな。ほんとに」

「ハルくんがいなかったらなあ」

「想像、したくない……」

ユメとシホルも何か言っている。メリイは黙っているが、どう思っているのだろう。

セトラは呆《あき》れたように片方の眉をゆがめて、「あのざまだ」とため息をついた。

「おまえに依存しきっている。こいつらのためを思うなら、おまえだけは絶対に死ぬな。誰かを犠牲にしなければならないとき、おまえの順番は一番最後だ」

「できないよ」

思わず即答してしまった。

「おれが死んだせいで全滅するより、おれが生き残って一人でも死なせないほうがリーダーとして正しい。セトラが言ってるのはそういうことだろ。頭ではわかるけど、いざそんな状況になったら、おれはたぶん、自分よりみんなの命を優先する」

「間違っていても、か」

「できるだけ正しい判断をしたいって思ってるよ。ただ、おれはおれとして生きるしかなくて、別人にはなれない。おれはこういうやつだけど、よければ信じて欲しいって、仲間に言うことはできる。でも、信じてもらうために、おれじゃない、違うもののふりをするのって、なんかずるいだろ。何よりも大事な命を預けあうんだからさ。おれは仲間に嘘《うそ》をつきたくない。つけないし」

「妬《や》けるな」

「え？」

「おまえを奪い去りたくなってきた」

「は……？」

不意打ちだった。

セトラはいきなりハルヒロを自分のほうへ引きよせた。

幸か不幸か、おでこだった。

ハルヒロの額にセトラの唇が押しつけられ、ちゅ、と小さな音を立てた。ひんやりしていて、やわらかかった。

メリイがまた呟きこんだ。――もしかして、風邪……？

というか、セトラさん？　あなた、何やってんの？　みんな見てるんですけど……？

ハルヒロは拒否できる立場じゃないが、せめて仲間たちに見られたくはない。さりとて、そういうことはみんながいないところで、二人きりのときに、と注文をつけるのも何か違うような？　誤解を招きそうだし？　そういう問題なのか……？

どこかで、ニャア、とキイチが鳴いた。

「続きはあとだ」

セトラはハルヒロをそっと押し離して立ち上がった。

何だよ、続きって。

知りたくもないが、もしその続きとやらを強要されたら、従うしかない、――のか。

ハルヒロは立ってあたりの様子をうかがいながら思った。グォレラに追われていなかったら、どうなっていただろう。グォレラの群れは、ハルヒロたちが逃げても逃げても追いかけてくる。数時間、半日も気配を感じなくて、いいかげん大丈夫だろうと胸を撫《な》で下ろした途端、グォレラたちが襲いかかってきたり、声がして驚いたり。やつらはねちっこいだけじゃなく、とりわけメスは慎重で、なかなか仕掛けてこない。どんどん突っかかってくるのは血気盛んな若いオスだけだ。メスはまず仲間を呼ぼうとするし、レッドバックは今まで数度しか見かけていない。

「……うにょ？」とユメが小首をかしげた。

「どうして……？」シホルが呟く。

「へ？」クザクは盾を背負って、大刀だけは抜いている。「なんすか？」

メリイは唇をさわりながら、事切れているレッドバックを見やった。

「レッドバック……」

「あ――」

ハルヒロは目を瞠《みは》った。そうだ。レッドバック。

「そいつ、群れのリーダーだったんじゃ……？」

「そのはずだが――」セトラは口をつぐんだ。
ト、ト、ト、ト、ト、ト、ト、ト、ト、ト、ト、ト、ト、ト、ト、ト……。
この音。何回か聞いた。

「……たしか、ドラミング、だっけ」

太鼓を鳴らすように、両手で自分の胸を打つ。グォレラのオスだけに見られる行為らしい。威嚇だと考えられていて、オス同士がドラミングをすると取っ組みあいが始まるという。ただし、群れの中の若いオスたちはレッドバックに統率されているから、めったにドラミングをしない。普通、ドラミングをするのはレッドバックだけだ。――と、セトラが前に言っていた。でも、レッドバックはここで息絶えている。

「考えても、埒《らち》があかない」セトラはハルヒロの背中を叩《たた》くと、素早くエンバの肩に跳び乗った。「言ったろう。やつらは異様に執念深いんだ。行け、エンバ」

2．噛むな

おかしい。変だ。どう考えても。

こんなはずじゃなかった。

たしかにハルヒロは危険を冒した。この手でレッドバックをしとめる。あれは賭けだった。その点については否定できない。成算はもちろんあった。とはいえ、これで片がつくかもしれないという考えが頭になければ、石橋を叩いて渡るような方法を選んだだろう。

グォレラは二十頭からの群れを形成している。リーダーは赤い毛角を生やした体格のいいオスのレッドバック。リーダーを失ったら、若いオスたちが次のリーダーの座を巡って争いだすか。あるいは、メスが暫定的なリーダーになったりするのか。ともあれ、群れは空中分解しないまでも混乱するはずだ。

グォレラの群れは、粘り強く、じつにいやらしい狩りをする。ただ獲物を追ってつかまえるのではない。焦らず、慌てず、じわじわと追いつめていって、獲物が力尽きるのを待っているかのようだ。とりわけレッドバックは賢くて、明らかにもっとも戦闘能力が高そうなのに、なかなか前面に出てこない。だから、あれは千載一遇のチャンスだった。今から思えば、ハルヒロは逆にそのことを意識しないようにしていたのかもしれない。是が非でも成功しないといけないとか、絶対に失敗できないとか、しくじったら終わりだとか。

そんなふうに考えれば考えるほど、緊張しすぎて手元が狂うものだ。ハルヒロのような凡人が何かをちゃんとやりとげるには、平常心で事にあたったほうがいい。

そんなこんなでレッドバックの息の根を止めた。これでもう、グォレラに悩まされることはない。――とまでは楽観していなかったが、多少は余裕ができるだろう。その間に距離を稼いで突き放してしまえば、本当に一息つける。逃げ隠れしなくてよくなれば、方向をしっかり定めて進路を決められる。

ところが、何も変わっていない。

レッドバックを殺したのに、相変わらずグォレラたちは追いかけてくる。

それに例の、ト、ト、ト、ト、ト、ト……というドラミングの音をよく耳にするようになった。ひどいときは、北のほうで、ト、ト、ト、ト、と始まったと思ったら、ややあって南のほうでも、ト、ト、ト、ト、と鳴りだしたりする。レッドバックが複数いるとしか思えない。だが、群れに一頭しかいないはずのレッドバックは死んだ。いったいどういうことなのか？

唯一、これは好材料と言っていいのかどうか微妙だが、グォレラたちはレッドバックがやられたことで、さらに用心深くなったようだ。以前はたまに若いオスが襲撃をかけてきた。それがすっかりなくなって、仲間の足音や息づかいしか聞こえない時間が増えた。とうとうやつらは追跡をやめたんじゃないか。ふとそんな考えが頭をよぎると、決まってドラミングや咆吼《ほうこう》が聞こえてきたり、遠くのほうで細い木がしなったり、枝の折れる音がしたりする。セトラが言うには、灰色ニャアのキイチはグォレラの姿を頻繁に見かけているようだ。

やつらはいる。

すぐそこに。

後ろに迫っているのか。右にも、左にもいるんじゃないのか。ひょっとしたら、前方にまで。包囲されているようにさえ思える。やつらは何頭いるのだろう。レッドバックをふくめて五頭、いや、六頭は殺したはずだ。ということは、十数頭？　本当に？　それだけなのか？　もっといるような気がする。

皆、極端に口数が少ない。最後にしゃべったのはいつで、誰だったか。覚えていない。どうせやつらはハルヒロたちを見失っていないのだ。嬲《なぶ》っている。弱らせて、動けなくなったところを狩るつもりなのだろう。だから、話くらいしてもいい。黙っているより、雑談でもしていたほうが気が紛れる。でも、何を話せばいい？　口を開いたらつい、疲れた、と言ってしまいそうだ。他に何を言えと？

疲れた。

脚が痛い。体が重い。もういやだ。

かんべんしてくれ。暑いし。腹が減った。限界だ。

弱音を吐いたってどうしようもない。つらいのはみんな同じだ。全員、我慢している。シホルなんか、今にも倒れそうだ。でも、止まらない。肩で息をしながら、足を前へ進めつづけている。遅れまい、仲間の足を引っぱるまいと、シホルは必死でついてくる。そんなシホルの隣には常にユメとメリイがいる。三人の前を歩くクザクだって、鎧《よろい》を身につけているうえ、あのクソ重い盾を背に負っているのだ。想像を絶するほどきついに決まっている。

ハルヒロの横か少し前にいるセトラだけは、そうでもないだろうが。

何しろ、セトラはたいていエンバの肩の上に腰かけている。人造人間のエンバは、定期的に謎の液体を注入し、特殊な丸薬を服用させれば、半永久的に稼働可能らしい。移動時のエンバはセトラの乗り物だ。それなりに揺れるとしても、酔うほどでなさそうだし、自分の足で歩くよりは断然、楽だろう。実際、セトラは、――顔を隠しているエンバは除外するとしても、セトラだけは、涼しい顔をしている。

たまに、ちょっとイラッとくる。

いいんだけど。ずるいとか、同じように苦しめよとか、思っているわけじゃないし。いざというときのために、体力を温存できるのなら、そうしてもらったほうがいい。にっちもさっちもいかなくなったら、最悪、セトラとエンバだけは逃がしたいという思いも、ハルヒロの中にはある。

セトラは仲間じゃないから。

いろいろ経緯があったとはいえ、もともと何の関係もないのに、とてつもない厄介事に巻きこんでしまった。ハルヒロは楽天家ではないので、無事に切り抜けられると信じたいが、見通しが明るいとはとても言えない。仲間たちは腹をくくっていると思う。一緒にいくつもの修羅場を潜《くぐ》ってきた。人事を尽くしたら天命を待つしかない。やるだけやれば、結果がどう転んでもきっと納得できる。ハルヒロは仲間を責めないし、仲間たちもハルヒロを非難することはまずないだろう。でも、セトラがハルヒロたちと運命をともにする必要はない。

ここはどこなんだ……？

千の峡谷《サウザンバレー》じゃない。クアロン山系の南西部だ。それはわかっているが、具体的にどのあたりなのか。どこへ向かっているのだろう。東だ。おおよそ東。それで、このまま進んだら何があるのか。海？　いや、海はまだ遠いだろう。遠いって、どのくらい？　百キロとか？　そこまで行ったら、さすがにグォレラたちも追ってこないはずだ。何の根拠もないが、そうだといい。

あの馬鹿がここにいたら、間違いなく愚痴をこぼしまくっているだろう。とくにハルヒロを罵って、騒ぎたて、悪態をつきまくるに違いない。

想像したら、腹が立ってきた。

あいつがいなくてよかった。あんなやつ、いないほうがいい。もう仲間じゃないんだ。ずっとあいつは悩みの種だった。顔も見たくない。同じ空気を吸いたくない時期もあった。よく我慢できたものだ。おかげで辛抱強くなったけど。副作用みたいなものだが、あいつがあまりにも憎たらしすぎて、誰だってやつよりはましだと思える。人間的に成長できたかな。あいつがクズすぎるせいで。

あいつがいないと、本当に静かだ。活気がないとも言える。なくたっていいけど。やかましすぎるあいつがいるよりは、このほうが遥《はる》かにいい。

——おまえな。そんなふざけたことぬかしてっと、後悔することになるぞ？　つーかもう後悔してんじゃねーのか、パルピロ？　どうなんだ？　ンンー……？

「やばいな……」

幻聴が聞こえるなんて。いや、聞こえたわけじゃない。いかにもやつが言いそうなことだ。それがふっと浮かび、頭の中で再現された。あいつのことなんか、忘れたいのに。

メリイの声がした。

「シホル」

振り返ると、シホルが杖《つえ》を抱きしめてしゃがみ、木に寄りかかっていた。肩が大きく上下している。ユメが屈《かが》んでシホルの背中をさすりながら、こっちを見て「ハルくん」とだけ言った。シホルはうなだれたままだ。ユメの顔も薄汚れて、やつれている。メリイが首を振ってみせると、汗が飛び散った。クザクが「ああーっ」と声をあげて座りこむ。大袈《おおげ》裟《さ》な仕種《しぐさ》で自分も限界だと訴えて、シホルの精神的な負担を軽くしようとしているのだろう。クザクらしい気遣いだ。

「休もう」

ハルヒロはそう告げて、一つ息をついた。見上げると、枝葉の合間から茜色《あかねいろ》に染まった空がのぞいている。もう夕方なのか。座りたい。というか、寝たい。だめだ。遠くでまた、ト、ト、ト、ト、ト、ト……と、グォレラがドラミングを始めた。――マジかよ。

見られているんじゃないのか。そう考えるしかないタイミングだ。シホルが首をもたげた。立ち上がろうとしている。そうなんだよな。行くしかない。進むしか。

「休んでいろ」と、セトラに先回りされた。

「……や、でも」

ハルヒロは反論しようとしたが、言葉が続かない。肉体が拒否している。ここまでくたびれていたのか。

「私とキイチが相手を探る」セトラはハルヒロを一瞥《いちべつ》して、ほんの一瞬だが口許《くちもと》をゆるめてみせた。「おまえたちはここにいろ。のんびりはできないだろうが、少しでも動けるようにしておけ」

「ごめん。頼む」

ハルヒロはそう言うのがやっとで、地べたに腰を下ろすと、途端に呼吸が乱れて苦しくなった。目がくらむ。まずい。どうやら倒れる寸前だったようだ。

セトラはエンバの肩から下りた。エンバを従えて歩いてゆくのか。キイチはどこかにいるのだろうが、姿は見えない。

ユメがシホルを抱き寄せて、「よし、よし……」と頭を撫《な》でている。メリイは上を向いて、ほとんど放心しているかのようだ。

セトラとエンバはあっという間に木々の向こうへと消えた。

動悸《どうき》がなかなか治まらない。心臓が自分のものじゃないみたいだ。

気がついたら、グォレラのドラミングがやんでいた。

「……逃げたのかな」とクザクが呟《つぶや》いた。

セトラのことを言っているのだと、ややあってから気づいた。迂闊《うかつ》だった。ハルヒロたちを囮《おとり》にして、まんまと逃げおおせる。ハルヒロは考えもしなかったが、ありえないと断言することはできない。でも、まあ、……ない、かな。そのつもりなら、もっと早く実行に移していてもよさそうなものだし。なんだか、らしくない。セトラは冷めているというか、薄情で不親切だが、変に義理堅いところがある。たぶん、ハルヒロたちを見捨てるなら見捨てる、利用するなら利用するで、ちゃんと宣言してからそうするのではないか。無慈悲にはなれても、卑怯《ひきょう》なことはしない。セトラはおそらく、そういう人間だ。

「休め」とハルヒロが短く言うと、クザクは「うっす」と応じて横になった。そうして一秒後にはもう、いびきをかいている。

「眠れとは誰も言ってないんだけど……」

ハルヒロがぼやくと、シホルがくすっと笑い、ユメも肩を揺すって「ふにゅにゅ」と妙な笑い方をした。

あくびを噛《か》み殺しているメリイと目が合った。

メリイは恥ずかしそうにうつむいた。

「……ごめんなさい」

「謝ること」

――ない、のに。

落ちつきかけた鼓動が、ふたたび急に激しくなった。ト、ト、ト、ト、ト、ト……。ドラミングだ。さっきとは方向が違う。くそ、と吐き捨てそうになって、こらえる。カッカしたってしょうがない。感情的になったらグォレラの思う壺《つぼ》だ。……思う壺も、何も。こっちには打つ手がないじゃないか。なんで一気に襲ってこない？　遊んでいるのか？　勝ち目はないのに。それとも、そんなことはない、とか？

じつは、ハルヒロが想像しているより、グォレラの数は少ないのかもしれない。たくさんいるように見せかけているだけなのかも。いや、だけど、ドラミングするグォレラが複数いるのはたしかだ。つまり、レッドバックが何頭も。――それはあくまで、セトラが言ったことであって。セトラは間違っているのかもしれない。たとえ一般的にはそうでも、例外があるのかもしれないし。本当はグォレラの生態なんかよくわかっていなくて、ただそう推測されているだけなのかもしれない。やつらは真っ向勝負をしたらハルヒロたちに勝てないと踏んでいるか、甚大な被害を受けると予想している。被害、か。

やつらが糧をえるために狩りをしているであれば、被害ゼロが理想だろう。ハルヒロだって同じだ。光魔法で治せる怪我《けが》くらいならいいが、死者は一人も出さない。当然、その前提で狩りをする。

ハルヒロたちはすでにグォレラを殺した。やつらはあきらめるべきだ。仮に今、やつらが総攻撃をかけてきたとする。ハルヒロたちは逃げられないかもしれないが、黙ってやられたりしない。全力で戦う。かならず何頭かは道連れにしてやる。やつらだって、ハルヒロたちが一筋縄ではいかない相手だということはわかっているはずだ。一流の義勇兵じゃない、二流でも、そのわりにはしぶといほうだと思う。話ができるのなら、グォレラたちに言ってやりたい。簡単には殺されてやらないからな。死にたくなきゃ、別の獲物を探せよ。やるっていうなら、かかってこい。だけど、おまえらだって死にたくないだろ。こんなことはやめてくれ。

葉擦れの音がした。

ハルヒロは跳び起きて錐状短剣《スティレット》を抜いた。

「っ……！」

びっくりして、心停止するかと思った。

セトラとエンバだった。戻ってきたのか。

「何だ、ハル。ずいぶんひどい顔をしているな」

ハルヒロはとっさには答えられず、錐状短剣《スティレット》を握り直したり、唾をのもうとしたら口の中がカラカラに乾いていることに気づいたりした。

「クザク」とメリイが声をかけた。

「……あぃ。起きてまっす……」

クザクはゆっくりと身を起こして、頭を振った。

「なあセトラん」ユメの声は場違いにほんわかしていて、癒やされる。「ニャアちんはどこにいるん？」

セトラはユメの問いを無視してハルヒロに近づいてくる。どんどん接近してきて、右腕だの右肩だの、それから腰や脇腹までさわられて、――くすぐったいんだけど？

「……な、な、何？」

「確かめているだけだ。気にするな」

「気になるよ……」

「な、何を確かめてるっていうの……?」と、なぜかメリイが訊《き》いた。

シホルが「くふっ……」と噴きだしたのか、咳《せき》をしたのか、何なのか。

「ハル」

セトラはどうしてかメリイをちらっと見て、それからハルヒロの耳元に唇を寄せた。そうすると必然的に、体がほとんど密着することになる。ハルヒロはあとずさりしそうになった。恋人のふりをするという条件がなければ、飛びのいていただろう。

「一つ、策がある。聞くか?」

「……それは聞きたいけど、もうちょっと離れて話せない……?」

「離れたくないから、こうしている。何か問題でも?」

「問題は、……ないけど」

「よかった」

セトラは猫のようにハルヒロの耳の下や首筋に顔をこすりつけた。——あの。

みんな、凝視しまくってるんですが?

何なのこれ。ものすごく、……どうしていいかわかんないです。

どうにもできないんだけど。耐えるしかない。

「じつは心配だったんだ。本当はおまえに嫌われているんじゃないかと」

「……嫌い、……じゃあないよ?」

「好いてもいない、か？」

「いや、……そんなことは」

「おまえは正直だな」

「ど、どうだろ」

「ニャアは年に二度、発情するが、人間には繁殖期というものがないらしい。ならば、いつ発情するのか。ずっと疑問だったんだ」

「へ、へえ……」

「なるほど。好ましい男がそばにいると、こういう気分になるのか」

セトラは鼻や唇をハルヒロの首に押しつけて、においを嗅ぐように息を吸い、熱い吐息をもらした。

仲間たちは驚いているというより、茫然《ぼうぜん》としているのか。

ハルヒロだって呆気《あっけ》にとられている。このままセトラを止めないでいたら、どうなってしまうのか？　何が起こるのか？

いくらなんでも、やばいんじゃないの？

これは、突き飛ばしたほうが……？

うろたえていると、突然、首の右側面に痛みが走って、「いっ!?」と叫んでしまった。

「——え!?　か、噛んだ!?　よね、今!?　なんで……!?」

「すまない」

　セトラはすっと身を引いた。顔が真っ赤になっている。

「……自分でもよくわからないが、噛みつきたくなった。人は発情すると、何をするかわからんようだな」

「そ、そういうもの……？」

「個人差はあるのかもしれんが。私も初めての経験なんだぞ？　恋や性愛に興味はあったし、おまえに関心をそそられたのは事実だが、まさか惚《ほ》れるとは思ってもみなかった」

「ほれ……」とメリイが言って、シホルが、くへんっ、と変な咳払いをした。

「……ハルヒロって、地味にもてるよね」

　クザクはわけのわからないことをほざいている。ユメはなぜ、うんうんとうなずいているのか。

「もてるだと？」と、セトラがクザクを睨《にら》みつけた。「どういうことだ？　ハルには私以外にも女がいるのか？」

「あ、いやあ、前にハルヒロを好きだって人がいて、別のパーティの人なんだけど……」

「何だとぉ……？」

「みもりんなあ」ユメは腕組みをして片方のほっぺたを膨らませた。「しっばーらく会ってないもんなあ。どうしてるんかなあ。元気やったらいいけどなあ」

セトラは舌打ちをし、歯噛《はが》みした。

「……私の前がいるのか。まあ、私が恋慕するような男だから不思議じゃないが、どうにも腹立たしいな」

「や、前も何も、ミモリンとはつきあってないからね……？」

黙っていられず勘違いを訂正すると、セトラは「そうなのか！」ときらめくような笑みを満面にたたえた。

「それはよかった！　どうせなら、お互い初めてがいい。誰にもおまえをふれさせたくないし、私はおまえ以外にふれられたくないからな。たとえば、おまえが他の女と口づけでもしていようものなら、その女を八つ裂きにしても足りないくらいだ」

八つ裂きとか、なんか過激なこと言っちゃってて怖いんですけど？　というか、話がずれまくって、すっかり脱線しちゃってないですか……？

「あ、あの、策って？」

「ああ――」と、セトラが何か言いかけた。
ト、ト、ト、ト、ト、ト、ト、ト、ト、ト、ト、ト、ト、ト、ト、ト……。
クザクが「またかよ！」と地面を蹴りつけた。

シホルが上目遣いでハルヒロを見ている。疲労困憊《ひろうこんぱい》していても、強い眼差《まなざ》しだ。

「……選択の余地は、なさそう」

ハルヒロはうなずいた。シホルの言うとおりだ。ハルヒロたちはとっくに追いつめられている。どんな策でもやるしかない。

もうすぐ日が沈む。薄暗いというか、もはや暗い。虫が鳴いている。ときおりグォレラのドラミングが響いても、紙を引き裂くような音や、硝子《ガラス》に金属をこすりつけているような音、すすり泣くような音がやむことはない。耳が痛くて、頭が割れそうだ。それ以上に、全身が重い。――いや。

苦しいこと、いやなことを考えるな。余計につらくなる。

昼間より涼しくなってきた。そうだ。悪いことばかりじゃない。

エンバの肩に乗ったセトラに先導されて、ハルヒロたちはクアロン山系南西部の山中を東へ東へと進む。山の中といっても、裾野に近いので、総じてなだらかだ。

まだ行ける。体は動く。大丈夫だ。

自分のことより、仲間たちを、とくにシホルを励ましたい。でも、振り返ったり声を出したりすると、糸が切れてしまいそうな気がする。何の糸なのか。よくわからないが、その糸は髪の毛みたいに細く、張りつめていて、ゆるんだり切れたりしてしまったら、まずいことになる。

まだか。

いつになったら辿《たど》りつけるのだろう。

まだ歩かないといけないのか。

もしこの瞬間、グォレラたちに襲撃されたら。それだけは考えないようにした。数頭ならまだしも、十頭以上で一斉攻撃されたらたぶん、ひとたまりもない。対処しようがないことを心配しても無駄だ。それに、やつらは今まで攻め寄せてこなかった。ハルヒロたちが移動しつづけるかぎり、仕掛けてこないのではないか。獲物が衰弱しきって抵抗する力を失うときを、やつらは待っているのかもしれない。根比べというわけだ。追うほうか、追われるほうか。どちらかが音を上げるまで、この追いかけっこは終わらない――。

前を行くエンバが足を止め、その肩の上でセトラが右手を挙げた。

いつの間にか、エンバの足許《あしもと》に灰色のニャアがいる。キイチだ。

「Hooooooooooooooooooooooooooohhhhh……!」

何だ?

これは、グォレラの声?

聞いたことがない発声の仕方だ。

「Heh!」

「Huh!」

「Ｈｏｈ！」

「Ｈｅｈ！　Ｈｅｈ！」

「Ｈｕｈ！　Ｈｕｈ！」

「Ｈｏｈ！　Ｈｏｈ！」

「Ｈｅｅｅｈ！　Ｈｏｈ！」

「Ｈｏｏｏｏｏｏｈ！　Ｈｕｈ！」

「Ｈｅｈ！　Ｈｕｈ！　Ｈｏｈ！　Ｈｏｈ！　Ｈｏｈ！」

「Ｈｏｈ！　Ｈｏｈ！　Ｈｕｈ！　Ｈｕｈ！　Ｈｏｈ！　Ｈｕｈ！　Ｈｏ・Ｈｏｈ！」

あちこちで、おそらくグォレラたちが咆《ほ》えている。

ハルヒロは振り返った。クザク。ユメ。シホル。メリイ。みんな浮き足立っている。ハルヒロだって怖い。——とうとうか。

「Ｈｏｈ・Ｈｏｈ・Ｈｏｈ・Ｈｏｈ・Ｈｏｈ！」

「Ｈｅｈ・Ｈｅｈ・Ｈｕｈ・Ｈｏｈ・Ｈｕｈ・Ｈｏｈ・Ｈｅｈ！」

「Ｈａｈ・Ｈａｈ・Ｈｕｈ・Ｈｅｈ・Ｈｕｈ・Ｈａｈ・Ｈｕｈ・Ｈｏｈ！」

「Ｈｕｈ・Ｈｕｈ・Ｈｕｈ・Ｈｕｈ・Ｈｕｈ・Ｈｕｈ・Ｈｕｈ・Ｈｕｈ・Ｈｕｈ！」

空はまだいくらか明るいが、太陽はすでに西の彼方《かなた》に没して宵闇が押し寄せている。姿は確認できないものの、声からしてグォレラたちは四方八方から迫りつつあるようだ。

いや、違う。四方八方じゃない。

セトラがエンバの肩から下りた。腰を屈《かが》め、キイチに向かって手をさしのべる。キイチは小さく、ニャ、と鳴いてセトラに駆け寄った。セトラはキイチを持ち上げ、ぎゅっと抱きしめる。それから、ハルヒロたちを見まわした。

「用意はいいな」

クザクが、ふうっ、と息を吐いて、「……っす！」と応じた。

「ふにゃ！」とユメが敬礼みたいな仕種《しぐさ》をする。

シホルは無言で首を縦に振った。

メリイは「ええ」と短く答え、ハルヒロに顔を向けて、ちょっとだけ笑ってみせた。

「Ｈｏｕｈ！」

「Ｈｕｈ！」

「Ｈａｕｈ！」

「Ｈｕｈ！　Ｈｏｈ・Ｈｏｈ！」

「Ｈｅｈ・Ｈｕｈ・Ｈｏｈ・Ｈｏｈ・Ｈｕｈ・Ｈｕｈ・Ｈｕｈ・Ｈｕｈ！」

「Ｈａｕｈ・Ｈａｈ・Ｈａｈ・Ｈａｈ・Ｈａｈ・Ｈａｈ・Ｈａｈ・Ｈａｈ・Ｈａｈ！」

――近い。

もうかなり近づいてきている。

ハルヒロたちはエンバやセトラが立っている場所まで進みでた。のぞきこむと、さすがに背筋がぞくっとする。

高い、なあ……。

口に出さないほうがいいように思えて、ハルヒロは胸の中でそう呟《つぶや》いた。

ここはどん詰まりだ。あと一歩踏みだしたら、そこには何もない。この先は、転がり落ちることもできそうにない断崖絶壁だ。高さは十メートルどころじゃない。二十メートル以上。数十メートル。五十メートルまではないと思う。たぶん。

幸い、下は地面ではなくて、川が流れている。そうでなければ、この策は成立しない。あたりまえだ。もし下が地面だとする。落ちたら確実に即死だ。何も、他に手段がないので、グォレラたちに食われるくらいなら全員で飛び降り自殺しよう、というわけじゃない。窮余の一策だとしても、望みはある。ハルヒロたちは生きのびるつもりだ。

「Hoh・Hoh・Hoh・Hoh・Hoh・Hoh・Hoh・Hoh・Hoh・Hoh!」

「Heuh!　Hoh・Hoh・Hoh・Hoh・Hoh・Hoh・Hoh・Hoh・Hoh!」

「いいか、絶対に足からだ。足から落ちる。それだけ考えて——」

ハルヒロは言い終える前に、先陣を切って飛んだ。唐突に決心がついて、とっさにやってしまった。

しくじったかな？　やっちゃった？　しでかした？

でもさ、おまえが行け、いやそっちが先に、みたいに背中を押しあうより、先に誰かが飛んじゃえば勢いがついて、意外と行けちゃったりしそうじゃない……？

「おおぉぉぉおおおぉぉぉおおおおぉぉおおぉぉぉぉおおぉぉぉ……!?」

嘘《うそ》、嘘、嘘、嘘、嘘。高い、高い、高い、高い、高い。高いってこれマジ想像以上だって高いよやばい怖い。出る。内臓が。口から。脳が、ぐわああああああぁぁぁぁあって。

これ、あれじゃない？

死ぬコースまっしぐらじゃない？

なんか、長いし。何百メートルも落ちるんじゃないんだから、またたく間に終わっちゃってわりと平気なんじゃないかと思ってたりしたんだけど？

けっこう、なぜかそうでもなかったりするのは、どうしてなのか？　みんなは？　ちゃんと続いているのだろうか？　飛べたのか？　そのあたり、どうなの……？

やばいよ。長い長いと思ってたら、もう川だよ。長くも遠くもない。川、川、川。近い近い近い近い近い近い近い近い近い近い近い近い近い近い近い近い近い。

「足からっ……！」

なに自分で言ったこと叫んでんの……？

我ながら、呆《あき》れた。

とてつもない水音がして、衝撃も当然、ものすごかった。

3．寄り添うことで

「――……ハルくん！　クザックん、おったあ！」

「え!?　どこ……!?」

「こっちい！　こっちやあ！　ハルくん、こっちい……！」

ユメの声は下流のほうから聞こえる。

ハルヒロは思いきって川岸から遠ざかり、流れの力を借りつつ、半分泳ぐようにして下流方向を目指した。足が立たないところまでは行かない。本当に流されてしまったら大変だ。とくに泳ぎが得意なわけでもないし、溺れ死ぬかもしれない。

真っ暗だが、水面に反射する月や星の明かりで物の輪郭くらいはなんとかわかる。でも、川岸のほうまでは見えない。

「シホル!?　メリイ……!?」

「ええ、聞こえた！」とメリイが返事をした。

「……あたしたちも向かってる！　ハルヒロくんは大丈夫!?　気をつけて……！」

ハルヒロは「ありがとう、シホル！」と応じながら下流へと急いだ。それにしても、この川、何かおっかない生き物とか棲《す》んでたりしないのかな。不意に気になったが、そんなことを言っている場合じゃない。

見えた。

誰かが浅瀬で何か大きなものを引きずっている。おそらくユメだろう。引きずられているのはクザクだ。意識がないのか。

「ユメ、手伝う！　今、行くから……！」

「んにゃあ！」

ハルヒロは浅瀬へと向かった。途中、川底の大きな石を踏んで体勢を崩し、水を飲む羽目になったりもしたが、どうにかユメのところまで行くことができた。

ユメはクザクの右腕を抱えこむようにして「んー、んー」と引っぱっている。ハルヒロはクザクの左腕をつかんだ。

「クザク、生きてるよな!?　気を失ってるだけだろ!?　クザク！　クザク……！」

声をかけながら、ユメと二人がかりでクザクを川原まで運んだ。メリイとシホルが何か叫びながら駆けてくる。クザクは兜《かぶと》を被《かぶ》ったままだ。ハルヒロはまず兜を脱がせた。クザク、クザク、クザクと呼びかけつつ、背中にくくりつけられている盾や大刀を外す。ユメも手伝ってくれた。ハルヒロはクザクの口を探った。顎に力が入っていない。

「ハルくん、クザっくん、息は……!?」

「してない！」

ハルヒロはクザクの首に手をあてた。脈もない。嘘だろ。いや、まだだ。

「鎧《よろい》！　邪魔だから！　上だけでいい！」

「う、うん！」

　鎧を脱がしている最中に、メリイとシホルが来た。「どうなの!?」と訊《き》かれたような気がする。ハルヒロは答えなかった。クザクを仰向《あおむ》けに寝かせて、胸の真ん中を掌《てのひら》で押す。何回も、何回も、早いペースで押す。「三十回くらいで！」とメリイに言われたのでやめ、クザクの額に右手をあてがい、左手で顎を持ち上げた。何だっけ。そう。気道確保。これでいいはずだ。それからこうやって、鼻をつまんで――、

「二回、吹きこんで！　そのあと、また胸骨を圧迫……！」

　メリイの指示に従って、自分の口でクザクの口をふさいだ。思いきり息を吹きこむ。口から口を、鼻から指を離すと、クザクが息を吐いたように見えた。でもおそらく、入れた空気が出てきただけだ。同じことを、もう一回。そして、胸骨圧迫。三十回。

「疲れたら、ユメ、代わるからなあ！」

「まだ大丈夫！」

　人工呼吸。胸骨圧迫。人工呼吸。胸骨圧迫。クザク。戻れ。戻ってこい。クザク。おまえは強い。最初はどうも頼りないやつだって思っていたけど、自分でしっかり考えて成長した。乗り越えてきた。強くなかったら、そんなことはできない。クザク。おまえは強いんだ。溺れたくらいで死んだりしない。目を覚ませよ、クザク。帰ってこい。クザク。

「クザク……ッ！」

ごほっ、――と、クザクが何かを吐いた。水か。よし。よし、よし、よし！

メリイが「横向きに！」と言いながら、クザクの顔を右に傾けた。「どいて、ハル！」

「ああ！　頼む、メリイ！」

「任せて！」メリイは六芒《ろくぼう》を示す仕種をして、クザクの胸に手を押しあてた。「光よ、ルミアリスの加護のもとに！　光の奇跡《サクラメント》……！」

ハルヒロは座りこみ、目を細めて、ほとばしるようにあふれる光を眺めた。

「んにょぉぅ……！　クザっクん……！」

ユメは元気に飛び跳ねている。

シホルがハルヒロの両肩に手を置いた。震えている。何か言いたいけれど、声にならないようだ。ハルヒロはシホルの左手の上に自分の右手を重ねた。やばい。

泣きそう。

危なかった。だめだとは、これっぽっちも思わなかったけど。それは本当に。あの馬鹿高い断崖絶壁の上から飛び降りて、ハルヒロとユメ、エンバとキイチは運よくほとんど無傷だったが、メリイ、シホル、それにセトラは、それぞれ骨折やひどい打撲など、重い怪《け》我《が》を負った。もっとも、ハルヒロたちにはメリイがいる。全員、川岸までどうにか泳ぎつくことができたので、光魔法で治療できた。クザク以外は。

クザクは着水した際にどこか打ったか、そのあと溺れたのか、とにかく気を失い、自力で岸に辿《たど》りつけなかった。セトラとエンバ、キイチはグォレラたちが追いかけてこないか確かめに行き、ユメとハルヒロは川の中を、メリイとシホルは川岸近辺を懸命に捜した。発見が遅れていたら、どうなっていたことか。ユメが見つけ、川原に引き揚げたとき、クザクはいわゆる心肺停止の状態だったが、死んではいなかったのだ。ただ、気管や肺に水が入りこんでいた。そのまま光の奇跡《サクラメント》を使って回復させても、ふたたび悶絶《もんぜつ》することになる。そこで、心肺を蘇生《そせい》させ、水を吐きださせたうえで光魔法を施した。かならずしも理性的に判断を下したわけではない。というか、無我夢中だったし、ぎりぎりだったが、なんとか正しい処置ができた。

死なせずにすんだ。

だめだ。

もう我慢できない。

まあ、いっか。

涙で視界が一気にゆがんだ。変に抑えようとしていないので、いい感じに流れてくれる。泣きたいときはこういうふうに泣けばいいのかもしれない。暗いので、みっともない泣き顔をみんなに見られる心配がないというのもいい。

「ハルヒロくん……」

シホルがハルヒロの頭に顔を押しつけた。シホルは泣いていない。ちょっとやそっとでは泣かなくなった。きっとシホルはハルヒロを支えようとしてくれている。ハルヒロは右手で涙をぬぐい、小声で「ありがとう」と言った。シホルは首を振ってみせた。

「——おっ、ぅわっ！」

クザクが跳ね起きて、メリイが「きゃっ」と、ユメも「ふぉうっ!?」とのけぞった。

「おい！　独活《うど》の大木は見つかったのか！」

セトラの声がすると、シホルは素早くハルヒロから離れた。

川原の向こうは、対岸の断崖ほど急ではないが斜面になっていて、木々が生い茂っている。セトラとエンバはそっちのほうからやってきた。

「うん、なんとか——」ハルヒロは両手で顔をこすりながら立ち上がった。「そっちはどうだった？」

Ｈｅｈ……！

Ｈｏｈ・Ｈｏｈ……！

Ｈａｈ・Ｈａｈ・Ｈａｈ……！

Ｈｏｈ・Ｈｏｈ・Ｈｏｈ・Ｈｏｈ……！

セトラが答える前に、グォレラたちが咆《ほ》えた。でも、ずいぶん遠い。おそらくやつらはまだ、ハルヒロたちが飛び降りた崖の上やその近辺にいるのだろう。

「どうやら今のところ、こちら側には来ていないようだな」と、セトラは顎をしゃくって対岸側を示した。「いくらなんでも、あの崖を下りてはこられまい。迂回《うかい》すれば川を渡れるだろうが、そこまでするとしても時間が掛かるはずだ」

「今のうちに、かな」

「そうだ。独活の大木がくたばっていなかったのなら、さっさと行くぞ」

「……あのさ。独活の大木って。ちゃんとクザクって名前があるんだけど」

「私は自分にとって意味のある名しか覚えられない。おまえがどうしてもと言うのなら記憶するように努めてもいいが、その気になれるような褒美を何かよこせ」

「褒美って?」

「あるだろうが。愛撫《あいぶ》するとか、接吻《せっぷん》とか。したこともされたこともないが、いいものなのだろう?」

「……ど、どうなんだろ。まあ、とりあえずいいや。クザクには悪いような気もするけど、独活の大木で……」

「つまらん」

強要されなくてよかった。

クザクに身支度させ、ずぶ濡《ぬ》れの衣類やら何やらを絞って水気をなるべく切った。乾かしている暇はない。ハルヒロたちは出発した。案内役はやはりエンバの肩の上に乗っているセトラだ。たまにキイチの鳴き声がする。セトラはキイチを先に進ませ、報告を受けながら行き先を決めているらしい。

　グォレラの声はそのうちまったく聞こえなくなった。体力的にはそうとう消耗しているはずなのに、崖から飛び降りる前よりずいぶん楽だ。追われている感覚がないせいだろう。いや、油断するな。グォレラは本当にしつこい。回り道をしてでも渡河して追いかけてくる。そう考えるべきだ。最悪のケースを想定しておけば、ひどいことになってもショックを受けたり気落ちしたりパニックに陥ったりしないですむ。少なくともハルヒロだけは、心の準備をしておかないと。グォレラは来る。絶対、来るんだ。来るに決まっている。

「セトラ」

「何だ」

「おかげで助かった」

「気にするな。私自身のためでもあった。それに、他の連中はともかく、おまえだけは死なせたくないからな」

　そういうことを言われるたびに、どう返せばいいのかわからなくて、思考が停止してしまう。

「うん、まあ、……それはその、うん。ええと、おれも死にたくないしね……」

「早くおまえと子作りに励みたいものだ」

「……あー。うーん。えー。……お、お手やわらかに……」

「しかし、やり方は理解しているつもりだが、すんなりいくものなのか。初めて同士だと、どうも難儀しそうだな」

「あぁー……」と、思いあたる節がありそうな声をクザクが出した。

「け、経験が……？」

シホルが訊くと、クザクは「いや、そういうんじゃないっすけど」と一度は否定した。

「……あぁー。けど、わかんないよね。グリムガル来る前のことは。あれ？　つか、みんなそうだよな？　てことは、ハルヒロだってどうかわかんなくない？」

「や、おれはないよ。そういうの……」

「クザクくんは、背が高いし、普通にもてそう……」

「いやいやシホルサン。俺の身長って、単にでかい域、若干超えてっからね？　わりとひかれるレベルだから」

「そういえばなあ。ユメな、クザっクんと話してるとなあ、見上げっぱなしやから、首がちこぉーっと痛くなったりするなあ」

「言われるわー。ユメサン、それ。いや、わかんねーけど。ずっと言われつづけてきたような気がするわー。たぶん、十センチくらい余計だよね。けどまぁ、聖騎士やるぶんにはでかきゃでかいほどよかったりするし、いいのかな……？」

「クザっくん！」と、ハルヒロには見えないが、音からすると、ユメがクザクの体を叩《たた》いたらしい。「ぴっかりセーキシやなあ！　かっこいいやんかあ」

「そ、そっすか？　言っても、聖騎士だしね？　川に落ちて死にかけたけどね……」

「……装備が、重いから」とシホルがフォローを入れる。

「それね。計算してなかったっすよ。こういうとこがアホなんだよな、俺。頭が悪いんすかね。よくはないんだろうけど」

セトラが、ふん、と鼻を鳴らした。

メリイは黙りこくっている。体調でも悪いのか。治療でかなり魔法を使わせたので、疲れがあるのかもしれない。声をかけたかったが、セトラの機嫌を損ねそうで言いだせなかった。でも、なぜハルヒロがメリイを気遣ったらセトラが怒るのだろう。

そうか。

セトラはおそらく、ハルヒロがメリイのことを意識しているのではないかと疑っている。憎からず思っているんじゃないか、と。だからか。

実際、そのとおりなんだけど。

もちろん、この気持ちは一方通行で、発展性がなく、どうにもならない、ただの好意だ。それはハルヒロ自身、重々承知している。仲間なんだし。それ以上でもそれ以下でもない、とメリイも言っていた。だいたい、メリイとハルヒロでは釣り合わない。メリイはハルヒロのことをどう思っているのか。そんなことを考えるのも馬鹿馬鹿しい。どうもこうもないでしょ？　だから、仲間でしょ？　リーダーとして信頼してくれてはいるみたいで、ありがたいし、いろいろ気遣ってくれたりもして、ありがたいし。それだけで、本当にありがたい。ありがたや。ありがたや。ありがたや……。

じゃない。

明らかに気が抜けている。こんなんじゃだめだ。これでもリーダーなんだ。

まずは、グォレラたちはまだ追ってくるかもしれない。警戒しないと。

新たにグォレラみたいな恐ろしい生き物に出くわす可能性だって、考慮に入れておく必要がある。

この旅の終着点、目的地はオルタナだ。でも、オルタナは遠すぎる。海。海だ。海に出たい。自由都市ヴェーレまで行ければ。ヴェーレとオルタナは交易している。隊商が行き来しているのだから、安全な経路があるはずだ。ヴェーレを目指して、海へ。

そのために、一歩一歩だ。

今はいい。昂揚《こうよう》していて、体が動く。ただ、これが持続すると思ったら大間違いだ。休まないと、いつか、遠からず、ぷっつりと切れてしまう。

食べ物も要る。セトラのぶんはキイチがなんとかするだろうが、ハルヒロたちは自力で調達しなければならない。

課題は山積みだ。

どこかで休憩して、食べられそうなものを探すか。危険な獣はたいてい夜行性だし、暗いと周りの状況を確認することも満足にできない。休むにしても、明るくなってからのほうがいいか。それまで保《も》つだろうか。

ほんのわずかな光が、暗闇の先にないものを見せる。

何かいた。

そこに。

あそこにもいる。

ぎゃあ、と誰かが悲鳴をあげた。いや、あれは夜に鳴く鳥の声だ。そうに違いない。

後ろから迫りくるこの物音は、風が木の葉をそよがせているだけだろう。

よく生きてるよな。

思えば、何回死んでも死に足りないような目に遭っている。

過去を振り返っているときじゃない。前だけを見ていろ。それもまずい。後ろにも、左右にも、上にも、下にも、注意を払わないといけない。

なんでここまでして、生きなきゃならないんだろ？

生きていることに、それだけの価値なんてあるのかな？

疲れたよ。もうめんどくさい。死んじゃったら死んじゃったで、べつによくない？

――おれ、本当に、オルタナに帰りたいのかな?

故郷でもないのにさ。

あそこに何があるっていうんだ?

こんなこと、考えたくないし、少なくとも今は考えるべきじゃない。それなのに、考えてしまう。

考えながら、息をして、目を凝らす。

耳を澄ませる。

足を運ぶ。進もうとしている。

進んでいる。

いったい、何のために?

なあ。

マナト、モグゾー。教えてくれよ。

生きてるって、そんなにいいことかな?

そっちはどう?

やっぱり生きていたときのほうがいい?

そっちなんて、ないのかもしれないけど。

だから、生きようとするのかな。

死んだら何もなくなってしまうから。手放すのが惜しいのかな。

だけどさ。

何もなくなるのだとしたら、何もわからなくなってしまうわけで、当然、惜しいと思うこともない。怖くもない。何も感じない。

だったら、平気だよな？

悲しくも、寂しくも、苦しくもないんだから。ある意味、平穏っていうかさ。正直、生きてると、つらいことのほうが多かったりするし。

解放されたいって、思うこともあるよ。

うれしかったことも、楽しかったことも、あるにはあるけど。

喜びや幸せなんて、ほとんど瞬間的なものでしかなくてさ。過ぎ去ってしまえば、思い返しても、ああ、そういうこともあったな、くらいのもので。

失った痛みのほうが、まだリアルに思いだせる。

マナトやモグゾーが今も生きていたら、どうだったかな？

そんなことを考えると、いまだに胸が締めつけられる。

何がなんでも生きていたいかって訊《き》かれたら、即答はできない。よくわからないよ。

ただ、仲間たちは死なせたくない。生きていて欲しい。心の底からそう思う。

だとしたら、自分も簡単には死ねない。

仲間たちだって同じ気持ちだろうから。マナトやモグゾーを亡くしたとき、仲間を失いかけたときのことを覚えているから。みんなにあんな痛手《いたで》を負わせたくない。

結局、自分のためだけに生きているんじゃないんだ。

この命が自分だけのものなら、とっくに放り投げている。けっこうハードだし。わりと苦行だ。自分一人だけなら。

一人じゃないから、生きている。

生きてゆこう、と思える。

まだ死にたくない。もっと生きたい、と。

みんな、底知れなくて広大無辺な闇の中に灯《とも》る、小さく、ちっぽけな光なんだ。

とるにたらない光が、別の光を見つけて、寄り集まる。

互いに照らしあい、あたためあう。

いつか終わりのときが来て、何もわからなくなってしまうまで。

そのときは、ずっと先かもしれない。

一年後かもしれない。明日かもしれない。

ひょっとしたら、今日かもしれない。

残された時間が長くても、短くても、光と光は惹《ひ》かれあい、またたく。

ただ今を抱きしめて、光っている。

少し明るくなってきた。鳥たちがやさしくさえずっている。

気温はさして低くないはずだが、外套《がいとう》だの何だのが生乾きなせいか、ちょっと肌寒い。

薄靄《うすもや》が掛かっていて、千の峡谷《サウザンバレー》を思いださせる。あの霧深い一帯には二度と立ち入りたくない。隠れ里の人々はよくもあんなところで暮らせるものだ。

頭がぼうっとしている。いけない。しゃきっとしないと。

難しいけど。

とにかく、だるくてしょうがない。吐き気がする。吐こうにも吐けないだろう。きっと何も出てこない。もしここにあの馬鹿がいたら、座りこんでわめいたりしそうだ。

あーもう歩けねえ、冗談ポイだぜ、やってられっかよ、やってられっかっつーの。

そんなでかい声、出す力が残ってるなら、まだ歩けるだろ？

うっせーぞパルピロリン、それとこれとは別腹なんだよ！

食い物じゃないんだけど。

黙れ、ポルペロピン！　だったら食い物くれ！

なんで、だったらになるんだよ。話が繋《つな》がってないだろ。

繋がってんだよ、オレの中では。強靱《きようじん》な一本の綱で繋がりまくってんだよ！

——似たような、愚にもつかない言い合いを、何度も何度もした。黙っていられないのかよ。余計に疲れるだろ。だから嫌いなんだよ、あいつ。けど、おかしいな。

あいつのことを思いだして、なぜ顔がゆるんでいるのか。——おれ、笑ってる……?

行く手の木の枝が不自然な揺れ方をした。何かが枝から枝へと飛び渡って移動しているのか。ハルヒロは足を止めて錐状短剣《スティレット》を抜いた。反応できるものだ。いざとなると、意外に動ける。仲間に指示を出そうとしたら、セトラが振り仰いで「キイチだ」と言った。見れば、前方右上の枝の上に灰色のニャアがちょこんと座っている。キイチは「ニャッ」と短く鳴いて、東に顔を向けた。

「ふふん」と、セトラが何やら愉快そうな声を出して、エンバの首筋を軽く手で押した。エンバが歩きだす。このまま進むようだ。キイチは跳んで、すぐにどこにいるのかわからなくなった。

ハルヒロは錐状短剣《スティレット》を鞘《さや》にしまい、セトラを肩に乗せたエンバを追う。

「ニャアって、どのくらい賢いものなの?」

「かつてノナエという隠密《おんみつ》がいた。彼女はオナキというニャアと結ばれ、添い遂げたと言われている」

「むすば……」

「あくまで言い伝えだがな。センジュという白いニャアは百歳を超えて生き、人語を話したそうだ。もっとも、センジュには生まれつき尾が二本あったらしいから、変種か、特殊な個体だったのかもしれん」

「……キイチは、かなり頭がよさそうだけど」

「役目を与えなければ、ニャアは食って寝ることしかしない。必要ないからだ。足るを知り、欲をかくことがない。しかし、なすべきことを教えれば、恐れずにやる。何をもって賢いと評価するかにもよるが、私が思うに、ニャアたちは我ら人間より賢明だな」

「だから、セトラはニャアが好きなの？」

「違う」

「じゃあ、なんで？」

「かわいいからだ」

セトラがそう言うと、後ろのほうでメリイが「……わかる」と呟《つぶや》いた。

エンバの肩の上でセトラが振り向く。なんだかきょとんとした顔をしている。

「おまえとは気が合いそうだな、神官。メリイ、だったか」

「たとえそりが合わなくても、意見が一致することの一つや二つ、あってもおかしくはないでしょう」

「そりが合わない？　なぜだ？　同じものが好きなのに？」

「お、同じものってっ。……ニャ、ニャア？　まあ、ニャアは、そう、……ええ、好きだけど？　初めて見たときから。そ、それがどうかした？　悪い？」

ハルヒロは途中からセトラとメリイのやりとりを聞いていなかった。

前のほうが開けている。朝日だ。日が昇ろうとしている。ハルヒロは歩みを速めた。ユメが「みゅおっ」と謎の声を発してついてくる。ハルヒロとユメは早足でエンバを追い越した。

開けているのではなかった。そこから先は急な下り勾配になっている。おかげで見晴らしがいいのだ。

空は七割か八割ほど雲に覆われている。それでも東の彼方《かなた》は晴れていて、稜線《りようせん》の上から太陽がわずかに顔をのぞかせていた。

今、ハルヒロたちがいる山と東の山の間は平らで、南に向かって川が流れ、ところどころに木立があり、青々とした草原が広がっている。――いや。

あれは野原なんかじゃない。

「畑だ」

木造らしい建物が点在している。畑の間を何本もの道が走っている。柵らしきものがある。道の先では、町と呼ぶには規模が小さいが、そうはいっても数十軒の建物が身を寄せあっていた。

ユメが「ふぉえぇー……」とハルヒロの隣で目をまん丸くしている。

ハルヒロはゆっくりと息を吐いた。少し動揺している。落ちつこう。なるべく感情を起伏させない。気持ちをフラットに保とうとする。これはほとんどハルヒロの癖だ。

「何が住んでるんだろ」

「さあな」

セトラがエンバの肩から下りて、ハルヒロに寄り添った。肩に頰を押しつけてきたので、思わず逃げそうになったが、それはまずいか。……まずいのか？

まずいか。うん。やっぱり、まずい気がする。

「人間じゃないことだけは間違いなかろうが」

「……だよ、ね」

オークなのか。それとも、不死族《アンデッド》だろうか。偏見かもしれないが、不死族《アンデッド》の集落にしては生活感がありすぎるような。

メリイとシホル、クザクが小走りにやってきた。

「村、かぁ……」と、クザクは感心しているかのように呟いた。

シホルが「……村、だね」とうなずく。

メリイは無言でちらっとハルヒロのほうを見た。ただ何げなくここにハルヒロがいることを確認しただけのような、他意はなさそうな視線だった。

ハルヒロは横目でメリイの横顔をうかがった。

メリイは下唇の端をほんの少しだけ嚙《か》んで、何かをこらえているような目をしていた。

4．歓迎の作法

しばらくすると、家々から住民とおぼしき生き物たちが出てきた。

建物の形状などから、ある程度は予想がついていたので驚きはしなかったが、住民たちは人間のように二足歩行している。体格はまちまちだ。極端に大きいものはいないし、小柄すぎるものもいない。遠目から見たかぎりでは人間と大差ないようだ。

住民たちは道を通って畑に散ってゆき、歩きまわったり屈《かが》んで手を動かしたりして、農作業に勤《いそ》しんでいるらしい。

家畜なのだろう四つ足の獣が列をなして歩いている。あれは牛か。ガナーロだろうか。それとも、大きさからすると羊か。もっと違う動物のようにも見える。

とある農村の平穏な朝の日常風景。そんな言葉がハルヒロの脳裏に浮かんだ。

あの村は平和そうだ。こうやってこそこそ様子をうかがっているハルヒロのほうが、よっぽど不審で不穏当だろう。もっと言ってしまえば、悪役っぽい。

実際、種族が何であれ、彼らがただの農民で、あの村が単なる農村なのだとしたら、ハルヒロたちは悪役というか、悪党以外の何者でもないのかもしれない。あの村から物資を調達してやろうという魂胆があって、そのために偵察しているのだから。

何しろ、腹が減っている。食べ物が欲しい。そのままがぶがぶ飲める飲み水も。家畜の乳でもかまわない。あればあるだけいい。くれと頼んでもらえるなら、頭でも何でも下げる。でも、拒まれたら？　あの村の住民たちにすれば、ハルヒロたちは見ず知らずの、しかも人間だ。こちらの要望に応える義理はないだろう。じゃあ、どうする？　素直にあきらめるのか。あるいは、盗むか。奪うか。

なるべくなら、強行手段に訴えたくない。穏便に話をつけて飲食物を譲ってもらえればそれに越したことはないが、そもそも話が通じるのかどうか。

ハルヒロは仲間たちを待機させ、一人で山を下りた。まずは住民のことをできるだけ知りたい。ただ、当然のことながら、いくら隠形《ステルス》を駆使しても、近づけば近づくほど見つかる危険性も高まる。どこまで行けるか。行っていいのか。行けないのか。見きわめながら少しずつ、少しずつ進む。

こういう作業は嫌いじゃない。自分で言うのもなんだが、というかあえて公言することはないけれど、わりと得意だと思っている。才能があるかどうかは別としても、けっこう向いているのではないかと、ひそかに自負していたりする。

「……けど、あれかな。調子に乗ったのかな。若干……」

ハルヒロは、イネ科的な植物が密生している畑の中にいる。イネ科、的。とりあえず、水田ではない。畑だから、ムギなのか。どうなのだろう。正直、よくわからない。植物には詳しくないし。一介の盗賊にすぎないわけだし。でもなんだか、ムギっぽいような？

そのムギのような植物の高さはハルヒロの腰の上くらいまであり、穂に小さな粒状の実がたくさんついている。実の部分は食べられそうだ。わざわざこうして育てているくらいだから、食べられないわけがない。一粒つまみとって、口に入れてみる。

「……うん」

硬い。味は、あるような、ないような。どうやら、生食には適さないようだ。炒《い》ったり、煮たり、挽《ひ》いて水を加えてこねて丸めて茹《ゆ》でたり焼いたりすれば、美味《おい》しくいただけるのではないか。たぶん。

ハルヒロはトカゲか何かのように、半分這《は》うようにして慎重に前進しながら、でもやっぱり、ちょっと早まったかな、と思ったり思わなかったりしていた。姿は完全に隠れているので、平気かな？　それともやっぱり、引き返したほうがよさげ……？

少し頭を上げて、あたりを見る。一番近い農作業中の住民まで、ここから五十メートル以上離れているだろう。気づかれるような距離じゃない。まだ大丈夫だ。現時点では平気だが、さらに接近するとなると躊躇《ちゅうちょ》せざるをえない。

住民は腰を曲げて何かやっている。雑草でも抜いているのか。低い姿勢で、そのうえ頭巾を被《かぶ》っているから、まるで顔が確認できない。それでも、かなり人間に似ているような。ハルヒロにはそう思えるのだが、どうだろう。たたずまいというか。雰囲気がだいぶ人間っぽい。もう少しなんだけど。ちらっとでも、顔が見えれば。

こういうときは下手に動かないほうがいい。ここでじっとしていれば、見つかりはしないだろう。だから、焦らずに待つ。いずれチャンスが巡ってくる、――という保証はこれっぽっちもないわけだが、ダメだったらダメで、また何か手を考えればいい。

抜かりはなかったと思う。しいて言えば、畑の中まで入りこんでしまったのはまずかったか。でも、そうしないと住民を観察できないし、やむをえなかった。

後ろのほうで草ずれの音がして、心臓が、ずんっ……と、重く痛むほど驚いた。

いや、待て。気のせいなんじゃ？　だって、おかしい。さっき周囲に視線を巡らせたとき、後ろも見た。何かいたか？　いなかったはずだ。でも、音は今、たしかに聞こえた。落ちつけ。慌てるのが一番よくない。冷静に。音。聞こえる。まだ聞こえている。ハルヒロの後方で何かが移動している、ということだ。どうする？

どうしよう。

目視するには顔を上げないといけない。それはやばいか。後ろ。ほぼ真後ろだと思う。音は、どうだろう。近づいてきつつある？　離れてゆく？　はっきりとはわからないけれど、近づいてきているような気がする。何ものかが、ムギ的な植物をかき分けて畑の中を歩いているようだ。こっちに来る。ということは、ここにいたら発見されてしまう。

前進はできない。住民がいる。

右か、左か。ムギ的な植物を揺らさないように、――って、それは無理かな……？

不意に口笛のような音が鳴った。ような、というか、あれは口笛そのものだ。ちょっと遠くにいる犬を呼び寄せようとする際に飼い主が吹く口笛。そんな音だった。

ハルヒロは起き上がるなり、身をひるがえした。いる。やはり頭巾を目深に被って、丈の長い緑色の外套《がいとう》を身につけているが、あの体つき。オークじゃない。不死族《アンデッド》か。エルフか。もしくは、人間なのか。

ハルヒロは斜め右方向に走る。何なんだ、あいつ。二十メートルくらい離れたところでハルヒロを見ている。──のだと思う。頭巾が顔を隠していて、視線の方向がわからないけれど、おそらく。たぶんハルヒロを見ているのに、やつは突っ立っている。農作業中の住民たちはどうしているのか。確認する余裕はない。走れ。全力疾走だ。走れ。しかし、不思議だ。なぜやつは追いかけてこない？　ひょっとして、見逃してもらえたり……？

そう思ったのも束《つか》の間、やつが動いた。

来る。もちろん、ハルヒロのほうへ。あ、やっぱり？　だよねえ。うん。わかってた。見逃してくれそうだなんて、本気で考えたわけじゃない。

とりあえず畑から出て、山に入ってしまおう。もうすぐ畑が終わる。やつはハルヒロめがけて駆けているが、そこまで速くはない。かといって、遅くもないか。互いの距離は十メートルほど。縮まりはしないものの、広がりもしない。やつの足どりは軽やかで、余力がありそうだ。なんで詰めてこないのか。変だ。どうも気になる。

ハルヒロは足を止めずに振り返った。住民たちは野良仕事をやめ、ちりぢりになって逃げている。見たとおり、彼らはただの農民なのかもしれない。追ってくるのはやつだけか。決めつけるのは危険だが、少なくとも現時点ではそうらしい。

「——だったら……！」

畑を飛びだし、柵を飛び越えて、少し行けば森だ。森といっても平らじゃない。傾斜している。そこそこ急だ。登れ。駆け登れ。くそ。息が上がっている。やたらときつい。空腹のせいか。じつはへろへろだ。でも、そんなことは言っていられない。やつの位置を確かめる。相変わらず、つかず離れずか。不気味だ。相手がやつ一人なら、自分だけでなんとかしたい。できることなら。やれるか？　やつの力量がまったく読めないので、皆目見当がつかない。

ここで勝負をかけて、力及ばず負けたとしても、最悪、死ぬのはハルヒロだけだ。仲間たちの居場所がばれることもない。それなら、——と、つい思ってしまう。本当によくない癖だ。またシホルに叱られる。

ハルヒロは木々の間をすり抜けて斜面を登ってゆく。

やつは依然として一人で追ってくる。

ちょっと勇気が必要だったが、ハルヒロはあえてもたつくふりをしてみた。それでも、やつとの距離は変わらない。まあ、予想どおりではある。

やつにはハルヒロをつかまえる気がない、ということだ。とりあえず、今のところは。わざとハルヒロを逃げさせている。何のために？

やつの立場になったつもりで考えてみればいい。やつはたぶん、この村の住民の一人で、警護みたいな仕事をしている。ある日、いつものように巡回していると、いかにもあやしい者を見つけた。畑の中で何やらこそこそ嗅ぎ回っている。侵入者らしい。口笛を吹いて脅かしてみたら、そいつは泡を食って逃げだした。どうも一人のようだ。でも、本当にそうか？　実際は徒党を組んでいて、あいつは尖兵《せんぺい》にすぎないのではないか？　逃げた先に一味がいるのでは？

やつはハルヒロを追いたてて、仲間たちのところに案内させようとしているのかもしれない。だとしたら、やっぱり仲間が待機している場所には戻らないほうがいいのか。

やつはきっと、腕に自信がある。そうでもなければ、あんなふうに堂々と追いかけてきたりしない。ハルヒロがやつだったら、同じようなことを考えたとしても、こっそりあとをつける。そうして一味の人数、居所を確認してから、善後策を講じるだろう。

ハルヒロ一人では、おそらくやつには勝てない。いや、わからないけどね？　やってみないことには、なんとも。ただ、勝てるかもしれないし、勝てないかもしれない。かもしれない、ではだめだ。でも、みんなの力を借りたら、どうか。自分自身の力量に関しては甚だ懐疑的だが、仲間たちのことは信じられるし、頼りにしている。

合図は？

そんなものはいらない。

この先の地形はちょっと特徴がある。斜面から巨岩がせり出していて、無数の蔦《つた》が垂れ下がり、少々おどろおどろしい。おどろ岩、とでも呼ぶべきか。

おどろ岩の上に目を向けると、ちょうどシホルが顔を出したところだった。その肩の上には、真っ黒い人形というか星形のエレメンタル・ダークがちょこんとのっかっている。

「行って、ダーク……！」

シュヴュゥゥンという感じの音を立ててダークが飛んでくる。

ハルヒロは右へ方向転換しつつ、振り返ってやつを見た。やつは立ち止まっていた。待ち伏せされて茫然《ぼうぜん》としているのか。もしそうなら、むしろ意外だ。やつは平和ぼけした村の暢気《のんき》な警護役で、とくに深い考えもなくハルヒロを追いかけてきただけなのか。——そんなわけがない。

やつは右手の人差し指で宙に何か描きながら、声を発した。

「マリク・エム・パルク」

——あれは。

久しく聞いていないけれど、覚えている。あの呪文は。

あのエレメンタル文字は。

光だ。

やつの顔の前あたりに、光の球が現れた。

間違いない。あれは魔法の光弾《マジックミサイル》だ。魔法使いが最初に習う魔法。初歩中の初歩。

だけど、あれは。

大きい。

やつの頭と同じくらい、——いや、もっと大きいだろう。

「っ……！」と、シホルが杖《つえ》を振った。

ダークは光球を迂回《うかい》してやつに襲いかかろうとしたのだと思う。まっすぐ飛ばすだけじゃない。シホルはダークをある程度、操作できる。でも、つかまってしまった。

光球がすっと移動して、ダークをとらえたのだ。

ダークと光球が接触した瞬間、つむじ風が発生した。

十メートルほど離れたところにいるハルヒロはさすがに平気だったが、やつの緑色の外套は強くはためき、頭巾が外れた。

「きっ……——」

ハルヒロは絶句して、目を瞠《みは》った。

光が強まったのは一瞬だけで、ダークによって中和されるかのように光球が収縮してゆき、やがて消滅した。

ダークも、光球も、両方ともだ。

たった一発の魔法の光弾《マジックミサイル》で、シホルのダークが掻《か》き消されてしまった。

やつは魔法使いなのか。

そうだとしても不思議じゃない、——のかもしれない。

だって、やつは。

「うおおおぉぉぉぉぉおおおおぉぉぉぉぉぉぉぉ……！」

おどろ岩のすぐ脇を、盾と大刀を構えたクザクが駆け下りてくる。馬鹿みたいに大声を出しているのは、わざとだ。注意を引こうとしている。

やつがクザクのほうに顔を向けた。その直後だった。

ユメだ。茂みの中からユメが躍りでてきた。近い。やつから五メートルほどしか離れていない。あんなところに身をひそめていたなんて。ハルヒロはちっとも気づかなかった。

盗賊顔負けだ。やるじゃないか。

ユメが無言でやつに突っこんでゆく。

やつはユメのほうを見ていない。クザクに目が向いている。

妙だと思った。さっき外套がめくれたときにちらっと見えたのだが、やつは腰に剣か何かを下げている。それなのに、抜こうとしない。やつは魔法使いのようだから、あの武器はただの飾りなのか。

そういうわけでもないらしい。

ユメがやつに斬りかかる。その寸前に、やつは剣を抜いた。

「ちゅあっ……！」

ユメが斜めに振り下ろした刀を、やつは剣で受け止めた。

見もせずに、軽々と。

間髪を容《い》れず、ユメの腹に蹴りを入れて突き放す。

「――ぎゅぼっ……!?」

「っそぉぉおおおぉぁぁぁぁぁぁぁぁぁあああああ……！」

クザクがやつに突進する。勢いがついているし、兜《かぶと》と鎧《よろい》、さらに盾で身を守っているから、あれは止められない。クザクは体ごとぶつかって撥《は》ね飛ばすか押し倒し、そのまま大刀で串刺しにするつもりだ。荒っぽくて大雑把だが、体格に恵まれているクザクがあの形に持ちこめると、めっぽう強い。よけようとしても、クザクは長い腕で大刀や盾をのばしてくる。迫力もすごいし、躱《かわ》せそうでなかなか躱せない。

「んんんならあああぁぁぁぁぁあああぁぁぁぁぁぁぁあああぁぁぁぁあああぁぁぁぁぁ……！」

クザクの盾がやつにぶちあたる。たしかに衝突した。

やつは吹っ飛ばされたのか。でも、何かおかしい。やつの体は後ろというか、後方斜め上に飛んだ。しかも、やつが空中で一回転したように見えた。

「——なぁっ……!?」

クザクはたたらを踏んで、頭上を仰いだ。

やつの下をクザクが通りすぎる恰好《かっこう》になった。

クザクが振り向こうとしたときにはもう、やつはクザクの背後に着地していた。

やつがクザクの背中に後ろ蹴りを見舞う。クザクは「うおっ」と体勢を崩した。エンバがおどろ岩から身を躍らせてやつに飛びかからなければ、クザクは追い打ちをかけられていたかもしれない。

エンバは金棒のような腕を猛然と振るってやつに迫る。——が、当たらない。やつは下がる。右へ、左へ、小刻みに足を捌《さば》きながら後退し、樹木を障害物として利用しつつ、エンバの腕から逃れている。

何なんだ、やつは。

こっちは本気で、人数だって多いのに、やつはまるで遊んでいるかのようだ。

力の差がありすぎる……?

いや、ハルヒロたちはまだ、数の優位を生かしきっていない。おどろ岩の上にはシホルが、それからメリイもいる。セトラもか。下にはハルヒロとユメ、クザク、エンバ。シホルたちには接近戦をさせたくないし、させられないとしても、四対一だ。それなのに、今のところ、ほとんど一対一の状況しか作ることができていない。そこがまあ、相手の巧妙なところなのだが、いくらなんでも囲めばいけるはずだ。四対一、三対一は難しくても、せめて二対一にできれば。

「……おれだ」

こういうときこそ、盗賊の出番じゃないか。

すでにユメとクザクはやつを追いかけている。でも、だめだ。やつはエンバの攻撃をあしらいながら、ユメとクザクの手が届かない場所へと移動している。

とくに長くも短くもない、邪魔になるほどのびたら適当に切っているような金髪。髭《ひげ》もたまにしか剃《そ》らないのかもしれない。白い肌。碧眼《へきがん》。ハルヒロよりはずっと年上だろう。背は高いが、クザクみたいに飛び抜けた長身じゃない。

どこからどう見ても、あの男は人間だ。

魔法を使えるということは、元義勇兵なのか。

オークのジャンボ率いる一党、フォルガンの中にも人間がいたくらいだから、そんなに驚くようなことでもないのだろう。というか、驚いたりいぶかったりしている場合じゃないし、あの男が何者だろうと、どんな事情があり、どういう経緯でここにいるのだろうと、関係ない。

ハルヒロはおどろ岩の上に視線を投げた。シホル。メリイ。セトラとも目が合った。シホルはうなずいて、ダークを喚《よ》びだした。ハルヒロが何をしようとしているのか、少なくともシホルはわかってくれている。メリイ、何かあったらシホルを頼む。セトラはうまく立ち回るだろう。

一つ、息をつく。

全身の関節をゆるめて、意識を深いところへと沈める。

自分自身を、――消してしまう。

隠形《ステルス》。

思考や感情も遠のき、薄らぐ。

それでいて、ハルヒロはここにいる。ここ、ここ？

どこだろう？

いい。

どこだって。

幽霊になったら、こんな心地がするのかもしれない。幽霊が実在するのかどうかは別として。

音を立てないように歩くのではなく、歩いてもどうしてか、音が立たない。

現世にいるようで、自分だけ少しずれて存在しているかのような感覚。

自分は呼吸をしているのか？

している。

やけにゆっくりと。

心臓は脈打っている。

ひどく緩慢に。

クザクはまったくあの男についていけなくなってきた。あの男、悠然と動いているように見えて、かなり機敏だ。エンバは疲れ知らずの人造人間だから食い下がっているが、ユメでさえ追いかけるだけで一杯一杯になっている。あれでは、回りこんでエンバと挟撃するなんて至難の業だろう。

左手前方の樹上に灰色のニャアがいた。キイチはハルヒロに気づいていないようだ。ハルヒロは木々に存在を紛れさせながら進む。

神経が体から出ていって、周囲に広がっているかのようだ。

地面。

草。

木肌。

風。

すべてがありありと感じられる。

こんなハマり方は初めてかもしれない。背面打突《バックスタブ》を狙っているとき、たまにぼんやりと光る線が見えることがある。その隠形版《ステルス》というか。

入ってるな、これ。

なんか、見えるし。例の線とは違うんだけど。こうすればいい、みたいなのが。というか、こうするしかない？

選択肢って、あるようでないんだよな。じつは、どの瞬間にも一つきりしか。選ぶのでも、選ばされるのでもなくて。言ってみれば、運命？　自分が決めるんじゃない。決まっている。

ハルヒロがここであの男の背中をとることは、ずっと前から決まっていた。

あの男は飛び下がってエンバの一撃を回避しながら、左前方を気にした。シホルだ。シホルがメリイとセトラを伴っておどろ岩から下りてきた。ダークを放とうとしている。

「行って……！」

ダークが飛んでゆく。

あの男は下がるのではなく、回れ右をして駆けた。速い。エンバから距離をとりつつ、剣を左手に持ちかえ、右手の指でエレメンタル文字を描くつもりだろう。

ユメとクザクはあの男に追いすがれない。エンバも。

ハルヒロは動こうとするまでもなく、動いている。

あの男が呪文を唱える。

「マリク・エム・パルク」

光球。また魔法の光弾《マジックミサイル》だ。

ダークをぎりぎりまで引きつけて、光球をぶつける。

風が渦を巻くように吹き上がった。それと同時だった。

ハルヒロは男の背に錐状短剣《スティレット》を突き刺した。男が分厚い鎧を身につけていないことは、外套《がいとう》がめくれたときに確認ずみだ。錐状短剣《スティレット》の刃は頑丈だがほっそりしていて、肋骨《ろっこつ》の間を突き通すこともできる。ただ、肋骨に当たらない、腰寄りの位置からやや斜めに突き上げて刺せばちょうど内臓に当たるから、そうしたほうが簡単だ。左右の腎臓。そこからさらに、肝臓も狙える。いずれの臓器も傷つけられたら大量出血するので致命的だが、とりわけ腎臓は痛い。どんなに我慢強い者でも耐えられない激痛に襲われ、絶叫する。光魔法で治療しなければ助からない。それも、できるだけ早く。これは人間だろうとオークだろうと、たぶんエルフでも、ドワーフでも一緒だ。

「んん……」

男は、――しかし、叫ばずに呻《うめ》いただけで、身をよじり、顔を振り向かせて、青い瞳にハルヒロを映した。左眉を上げ、薄い唇の合間から息を吐く。びっくりしすぎて、感心している。そんな表情だ。

「やるじゃないか」と、男は言った。

そして、負け惜しみなのか何なのか、笑みを浮かべた。

「でも、残念」

「――え」

しくじった。痛恨のミスだ。甘かった。なぜこれでしとめたなんて思ったのか。愚かにも程がある。未熟だ。少しは経験を積んできたと、いい気になっていたんじゃないのか。どうしてこの男がただの人間だと考えた？　人間のように見えても、違うかもしれないのに。人間みたいな化物がいたって、ぜんぜんおかしくないのに。

いろいろな思考や感情が、駆けめぐって錯綜《さくそう》した。そのときにはもう遅かった。

男はハルヒロの首に腕を回して引きよせながら腰をねじった。柔道の技みたいだ、と思った。――ジュードー……？

投げられて体がくるんと回転した。

気がつくと、男が馬乗りになってハルヒロを見下ろしていた。

「殴るのは好きじゃないんだよな。野蛮だろ？」

言っていることとやっていることが違う。男は掌《てのひら》をハルヒロの顎に強く押しつけた。

ああ、でも、――これ、殴るのとは微妙に違うのか。脳が、視界がぐらっと揺れ、全身から力が抜けてしまう、奇妙な打撃だった。男はそれから、右手の人差し指でエレメンタル文字を描きつつ、「マリク・エム・パルク」と呪文を唱えた。……うわあ。

何するんだよ。やめろって。

魔法の光弾《マジックミサイル》。

光球が落ちてくる。

ただじゃすまないぞ、きっと。

頭がぼうっとしているせいなのか、なんだか他人事《ひとごと》みたいだが、光球はハルヒロの眼前に迫っている。

えらくまぶしい。

骨が砕ける音をハルヒロは聞いた。たぶん、鼻骨とか。頬骨とか。まあ、顔面の骨だ。

暗くはないが、何も見えない。

何も。

こふっ……と、口から息がもれた。鼻はふさがっているようだ。喉もやけに狭いし、口が動かない。痺《しび》れている、――のかな？

よくわからない。

仲間たちが口々にハルヒロの名を呼んだ。

「動くな」と男が言った。

ハルヒロは動きたくても動けない。

ごめん、みんな。

――ほんと、ごめん。

「動いたらこの子を殺す。おれだってべつに殺したいわけじゃないんだよ。だから全員、動くな。理解した？　そう。よかった。じゃあ、とりあえず武器を捨ててもらおうかな。ああ、そこの、――きみは隠れ里の子なのかな。隠れようとしても無駄だよ。あと、ニャアを一匹、連れているな。灰色のニャアだよ。そいつにも妙な真似《まね》をさせないほうがいい。一匹だけってことは、大事にしているんだろ。よし。それでいい。……さて、どうしようかな。人造人間を入れて六人と、ニャアが一匹、それからこの子か。この子はおれが運ぶとして、きみらには自分の足で歩いてもらうしかないか。ここで殺してもいいんだが、さっきも言ったように、おれだって殺したいわけじゃない。無益な殺生は好まないってやつ。わかるだろ？　仏教だよ。違うか。まあ、必要があるならその限りじゃないが、ここに人間が来るのはめずらしいからな。見定めてからにしよう」

殺すのはいつでもできるからな、と男が呟《つぶや》くのをハルヒロは遠くに聞いた。

もうだめなのか。

しがみつきたいのに。ここにいなきゃならないのに。

どうにかしないと。

それなのに。

意識が薄らいでゆく。

「――ようこそ、ジェシーランドへ」

5．もちつもたれつ

——何なの、ここ。

いったい何ものなの、この人たちは。

あのジェシーとかいう男に命じられるまま山を下りると、彼と同じような緑色の外套を身につけた連中が駆けよってきて、メリイたちを縄で縛って拘束した。脚は自由に動かせるが、ジェシーがハルヒロを担いで最後尾にいるから、逃げられない。進めと言われたら進むしかないし、這《は》いつくばれと要求されたら従わざるをえないのがメリイたちの現状だ。ハルヒロは、自分のことはいいから、と言うかもしれない。でも、そう言うこともできないのだ。見捨てるなんてありえない。

ハルヒロは顔を潰されて失神している。メリイはもちろん、治療させて欲しいと頼んだが、ジェシーは許さなかった。「このくらい、大丈夫だよ」と、薄笑いさえ浮かべてあの男は言った。「一応、加減したし、死にはしない。気絶してるから、たいして苦しくもないんじゃないの」と。——そういう問題か……？

はらわたが煮えくり返っている。できることなら、あの男の後頭部を鈍器で何度も強打して失神させたうえで、こう言ってやりたい。一応、加減はしたから。今すぐ死ぬことはないんじゃない？　気を失ってるみたいだから、べつに苦しくもないでしょう？

一方で、冷静にならないと、という考えも当然ある。ジェシー。金髪碧眼《へきがん》で、メリイたちと同じ言葉をしゃべる。つまり、人間の言語を。その容姿は人間の男性にしか見えない。でも、あの男はハルヒロの背面打突《バックスタブ》をまともに食らった。

かつて雇われ神官だったメリイは、それなりの数の盗賊と仕事をしてきた。盗賊は戦いになると敵の背後をとろうとするものだが、それにしてもハルヒロほど背面打突《バックスタブ》にこだわる盗賊はめずらしい。職人気質《かたぎ》というか、なんというか。とにかくハルヒロは、自分でどう思っているのかはわからないが、背面打突《バックスタブ》の技術に関していうと二流では決してない。

あの一撃は間違いなくジェシーの急所をとらえていた。

後ろから腎臓をやられて、無事ですむわけがない。人間なら悶絶《もんぜつ》してショック死することもあるし、そうでなくても大量出血して長くは持たないだろう。

ところが、ジェシーはメリイたちを降伏させたあと、背中から錐状短剣《スティレット》を引き抜きはしたが、応急処置さえしなかった。出血はしていた。気になったから、メリイは見ていたのだ。少なくとも、ジェシーのズボンやブーツを濡《ぬ》らすくらいの血は流れ出ていた。ただ、ハルヒロの背面打突《バックスタブ》は、血流が集中している腎臓や、もしかしたら肝臓、加えていくつもの血管を損傷させたはずで、そのわりにはたいした量ではなかったように思う。そもそも、ジェシーはとくに痛がるでもなく、顔色も変わらず、平然としていた。

人間そっくりなだけで、ジェシーは人間じゃない。

もしくは、人間なのだが、何か特殊な力を持っている。

そう考えるのが妥当だろう。――で？

ジェシーについてはわかった。いや、わからないが、推測するための手がかりはなくもない。そんなジェシーに、まるで統率されているかのような、この人たちは……？

ムギか何かが植えられている畑の間の踏み固められた土の道を、メリイたちは一列になって歩いている。

ジェシーと同じ緑色の外套を着ている者は、列の前に三人、右にも三人、左にも三人。合計九人。外套には頭巾が付いていて、被《かぶ》っている者もいれば、被っていない者もいる。メリイのすぐ横にいる者は頭巾を被らず、素顔をさらしていた。

明らかにジェシーとは違う。つまり、人間じゃない。肌の色は、どう表現すればいいのか。白くも、黄色っぽくもない。かすかに緑がかったクリーム色、とでも言えば近いだろうか。毛髪も肌とそう変わらない色だ。瞳は赤い。

鼻梁《びりょう》は低くて短く、鼻腔《びこう》は切れこみのようだ。額は出っぱっているが、狭い。頰は削《そ》ぎ落としたようにこけていて、がっしりした顎は先端がとがっている。広く裂けた唇の間から、食いしばられた頑丈そうな歯がのぞいていて、歯茎は鮮やかなオレンジ色だ。

彼女は外套の上からでもわかるくらい、胸が出ている。たぶん、女性だ。

メリイの視線に気づいたのか、彼女がこっちを見た。どうしてか、目をそらすことができなかった。

彼女はやがて、ふん、と鼻を鳴らして前に向きなおった。——人間じゃない。

オークでもない。

彼女はメリイよりずっと背が高い。おそらく、百八十センチはあるだろう。他の八人も彼女と同程度か、彼女より上背がある。皆、女性なわけではなく、男性もいるようだ。ただ、彼女と同じではない。体形も、肌の色も、毛髪の色も、瞳の色も、顔立ちも、ばらばらのようだ。共通点は、腕が二本、脚が二本あり、二足歩行をする人間に近い体つきをしていること。緑色の外套を着ていること。それだけだ。

ついでに言えば、農作業をしている住民も、畑仕事の手を止めてこっちを気にしている住民も、沿道に出てきてジェシーに声をかけられ、追い払われる住民も、同じ見かけの者はほとんどいない。いや、いることはいるのだが、何しろ多種多様すぎるものだから、誰と誰が似ていて、誰は似ていないのか、よくわからなくなる。

ジェシーランド、とあの男は言った。きっとジェシーは、この村の指導者かまとめ役なのだろう。でも、ジェシーと住民たちはあからさまに違う。外見だけで言えば、ジェシーはこちら側で、住民たちはあちら側だ。ジェシーは人間のようで人間ではないのかもしれない。メリイたちはもちろん、人間だ。

敵なのか。

味方なのか。

——馬鹿なことを。

味方なら、ハルヒロはあんな目に遭っていない。もっともジェシーは、殺したくない、とも言っていた。実際、殺されてもおかしくないのに、メリイたちは両手首を縛られているだけで生かされている。ハルヒロも息はある。

今のところは。

「ねえ」

メリイは足を止めはしなかったが、振り返って最後尾にいるジェシーを見た。その肩に担がれているハルヒロは、単なる荷物みたいにぴくりともしない。

ジェシーはメリイと目を合わせるだけ合わせて、何も言わない。彼のさわったら冷たそうな青い瞳には、感情らしい感情が一切浮かんでいないように見える。

メリイは身震いして、がちがちと歯が鳴った。目がくらみそうだ。——だめだ。なんとなく、こっちが憤れば憤るほど、あのジェシーという男を優位に立たせてしまいそうな気がする。もともと、立場は圧倒的に不利だけど。せめて気持ちだけは負けたくない。負けるわけにいかないのだ。抑えろ。決して声を揺らすな。

「死なせるつもりはないんでしょう。だったら、治療させて」

「否《ノオ》」

「……どうして？」

「きみはルミアリスの神官だろ。たしか、パ、ル、プ、ン、テ、みたいな光魔法があるはずだ。あれを使われたら何が起こるかわからないし、ちょっと厄介だからな。我がジェシーランドにも、呪医《シャーマン》なら一人だけいる。治療は彼女にやらせるよ」

「わたしはその魔法を習得してない」

「信用できると思うか？」

「それは」

「……メリイ」とシホルに名を呼ばれた。

見ると、シホルは首を横に振ってみせた。顔がこわばっている。血の気もない。シホルもハルヒロの身を案じているのだ。治せるのなら治したい。それでも、今は強硬な態度をとらないほうがいいと、メリイに伝えようとしている。シホルの判断なら信用するべきだ。彼女は慎重で、思慮深い。このパーティのリーダーはハルヒロだが、彼が現状のように決断を下せないとき、司令塔になりうるのはシホルだ。

メリイは前を向いた。――ハルヒロ。

ハルヒロ。

どうか死なないで。

ジェシーはハルヒロを死なせないだろう。本人が明言しているし、シホルもそう読んでいる。シホルを信じるしかない。ハルヒロは大丈夫だ。絶対に、大丈夫。何度も生死の瀬戸際に立って、向こう側に渡ってしまいそうになってもかならず帰ってきてくれた。いつもひやひやさせて。やめて欲しいのに。今回も、魔法で治したらハルヒロはきっと、恥ずかしそうに少しだけ笑って、ごめん、と謝るのだ。謝ってすむ問題じゃない。どうしてわかってくれないのか。

あなたを失うわけにはいかないんだから。

はっとした。

セトラはどんな気持ちでいるのか。彼女は本気でハルヒロのことを好いているようだ。たぶん、心配で心配でたまらないだろう。気にかけている余裕がぜんぜんなかった。つらいのはメリイだけじゃない。シホルも、ユメも、クザクだって、気が気でないはずだ。恋人気どりのセトラは、おそらく生きた心地がしないだろう。——だって、もし。もしハルヒロが自分の恋人で、こんな状況に陥ったら、……なんて、考えたくもない。仲間でしかない自分でも、充分すぎるほどつらいのだ。正直、メリイは今、立っていたり、座っていたりするよりも、歩いていたい。止まったら、足から体が崩れてゆきそうな気がする。泣けるものなら泣きたいが、たぶん涙が出てこない。叫びたくても、大声なんか出せない。ハルヒロ。あなたがいなくなったら、世界が真っ暗になって閉じてしまう。

セトラの様子をうかがう勇気がわいてこない。彼女の顔を見たくなかった。自分よりもっと苦しんでいるのだと思うと、気の毒でしょうがない。

——わたしは、神官なのに。

治せるのに。

「なあ」と、ユメがジェシーに声をかけた。

「ん？」ジェシーは意外とあっさり応じた。「何だい」

「ちぇっしー、にんげんなん？」

さすがユメだ。ストレートにも程がある。あと、ちぇっしーじゃなくて、ジェシーなんだけど……。

「ジェシーな」と、ジェシーは軽く笑って訂正した。「まあ、人間だよ。おれはね」

「そうなん？」

「疑うね」

「だってなあ、ブサッてなったやんか。あんなんされたらむっちゃ痛くてなあ、動けなくなると思うねんけどなあ」

「そりゃあ痛かったさ。なかなかの隠形《ステルス》だったな。背面打突《バックスタブ》も完璧だった。この子、いい盗賊だな」

「そうやろお。ユメもなあ、つねとぅねそう思ってるねやんかあ」

――わたしもそう思ってる。

だけどユメ、つねとぅねって何……。

「とぅねとぅね、か」ジェシーは短く笑った。「いや、とぅねつねって言ったか？」

「ほぉ？　とぅれとね？」

「きみ、おもしろいな」

「ユメがあ？　おもしろいこと、いっこもないと思うけどなあ。ユメは今、ぐっちょんまじめやし」

「ぐっちょん、ね。そんな日本語ある？」

「ニホンゴぉ？　ふぬぅ……？」

「いや。こっちの話」

ジェシーが朗らかな口調でユメと話しているもので、緊張がゆるみそうになった。

すぐにまた神経が張りつめた。

「無駄話はそのへんにしとけ。質問はこっちがする。きみらはおれが訊《き》いたことにだけ答えればいい。あんまり余計なことしてると、この子が長生きできないよ」

ジェシーの声音は変わらない。冷たくはない、どちらかと言えば友好的な感じの口ぶりだ。かえってそれが恐ろしい。

ユメが黙りこむと、誰もあえて口を開こうとはしなかった。

もうすぐ集落だ。建物は木造で、壁など一部は土、屋根は藁葺《わらぶ》きらしい。お世辞にも立派とは言えないが、高床式の建物も中にはある。倉庫だろうか。

集落のたぶん真ん中あたりは広場になっていて、井戸があった。

ジェシーは広場でハルヒロを地面に下ろすと、メリイを手招きした。

「来い、神官。治療してもいい。自分でしたいんだろ？」

メリイは弾《はじ》かれたようにハルヒロに駆けよって、膝をついた。ジェシーが何か言っている。手がどうしたとか、何だとか。メリイはろくに聞かず、目を一杯に見開いてハルヒロを凝視した。──ああ。嘘《うそ》。嘘。……嘘じゃない。これは現実だ。直視しないと。でも、ああ、ひどい。顔がひしゃげている。血だらけで、腫れている。眼球が破裂していないだけましか。何がましなものか。歯も内側に折れている。何本も。ただ、とれてなくなってはいない。ひゅう、ひゅう、と呼吸をしている。ちゃんと生きている。生きてはいるけれど、──よくも。よくも、こんなに。ジェシー。叩《たた》き殺したい。だけど、その前に。そうだ。治さないと。この手で。ハルヒロ。──わたしが治すから。

両手首を縄で固く縛られている。そのせいで、もどかしい。そうか。ジェシーがさっき言っていたのはそれだ。縄を外さなくていいか。たしかそう訊かれた。いい。あとで。額に右手の指を当てて、六芒《ろくぼう》を示す。

「光よ、ルミアリスの加護のもとに、──光の奇跡《サクラメント》……！」

見逃すまい。

片時も目を離してはならない。

あふれる光に包まれて、骨が、筋肉が、血管が、皮膚が、あらゆる組織が再生を遂げてゆく、その文字どおりの奇跡を。

メリイは心の底から思った。神官になってよかった。運命が光明神ルミアリスに仕える機会を与えてくれたのなら、感謝する。ルミアリスには何を捧《ささ》げても惜しくない。自分の命ですら。今、急速に傷が癒えつつあるハルヒロ以外なら、どんなものでも喜んで差しだせる。

怪我《けが》がすっかり消え失《う》せ、もとのハルヒロに戻っても、目を覚ます気配はない。それはそうだろう。あれだけの重傷を負って意識を失ったのだ。しばらくは起きない。

メリイは両手をのばして、ハルヒロの顔にさわろうとした。

我に返って、手を引っこめる。

天を仰ぎ、目をつぶった。

――いけない。

自分は仲間でしかないし、契約とはいえ一応、ハルヒロの恋人ということになっているセトラがすぐそばにいて、彼女は心臓が潰れそうな思いを味わわされていたのに違いなく、だからなんというか、こういうことはするべきじゃない。

いくら嬉《うれ》しくても、どれだけハルヒロが大事でも、あくまで仲間として大切に思っているだけで、とくに意味はない、不意に自然と親愛の情が発露した、それだけのことにすぎなくても、——よくない、ような気がする。

誤解される恐れがあるし。

自分がセトラの立場だったら、やっぱりいやだろうし。

男女の関係というのは、よくわからないけれど、たぶんそういうものだろうし。

目を開け、深呼吸をした。

立ち上がって、ジェシーに向きなおる。その顔つきは穏やかどころか、やわらかいと言ってもいいくらいなのに、ジェシーの青い瞳は相変わらず波立つことのない水面のようで、何を考えているのかうかがい知れない。

メリイは腰を折って、深々と頭を下げた。

「ありがとう」

「どういたしまして」ジェシーは笑った。「——って、おれが言うのも、なんだかおかしいけどな」

「……はぁぁぁぁぁぁぁぁぁぁぁ」と、クザクが崩れ落ちるようにしゃがみこんだ。

ユメは「んにゃあ」と猫みたいに鳴いて、縛られた両手で目のあたりをこすっている。涙ぐんでいるようだ。

シホルはメリイと目が合うと、口許《くちもと》をわずかにゆるめてうなずいてくれた。メリイは彼女にすがりつきたかった。いつの間にか、こんなにもシホルを頼りにするようになっていたのだ。シホルはハルヒロを支えている。メリイのほうこそ、シホルの助けにならないといけないのに。

セトラはハルヒロを見てはいるものの、茫然自失《ぼうぜんじしつ》しているようだ。安堵《あんど》するあまり、気が抜けてしまっているのだろう。

ふとメリイは思った。セトラのことは嫌いではない。屈折しているようでいて率直で、独立不羈《ふき》の風をまとっているようで人造人間から離れず、ニャアを愛していて、人に惹《ひ》かれれば寄り添おうとする。自分と違い、どこか愛嬌《あいきょう》があるというか、愛すべき人柄だと感じる。セトラのような人間は好ましい。それなのに、反発してしまう。

セトラがハルヒロを独り占めしようとするからだ。

ハルヒロはみんなのリーダーだし、言ってみれば、――そう、ハルヒロはみんなのものなのだ。もの、という言い方は変かもしれないけれど、独占されては困る。そもそも、セトラはパーティの一員じゃないわけだし。そうはいっても、セトラとは一緒に死線を越えてきた。戦友のようなものだ。

もう大丈夫だから、とセトラに言ってあげたい。あなたの恋人は、こんなことでいなくなったりしないから。――わたしが、させないから。

セトラのすぐ後ろにはエンバがいて、その肩の上には灰色のニャアが座っている。

ともあれ全員、無事だ。先のことなんてわからないが、何があっても乗り越えられる。そう信じて進むことだけは、とりあえずできるはずだ。

「さて――」と、ジェシーがメリイたちを見まわしてから、外套《がいとう》組に何か指示した。あの言葉。メリイたちが話す言語とは違う。オークの言葉に似ているような気がするけれど、たぶん同じではない。

外套組はメリイを下がらせ、ハルヒロを横向きにして縛りあげた。

「……質問には」と、シホルが進みでた。「あたしが、答えます」

ジェシーは剣を抜き、その切っ先をハルヒロの喉元に突きつけてから、青い瞳をシホルに向けた。

「きみらは何者だ？」

「……見てのとおり、オルタナの義勇兵です」

「隠れ里の死霊術師《ネクロマンサー》もいるようだが。しかも、ニャアまで連れている」

「彼女は、……ニャアの愛好家なんです」

「おれが知ってるところによると、ニャア使いは何匹も使役するんじゃなかった？」

シホルはセトラをちらっと見た。セトラはまだぼんやりしているようで、シホルとジェシーのやりとりを聞いてさえいないようだ。

「……今は、一匹だけです。いろいろあって、はぐれてしまいました」

「いろいろ、ね。なるほど」ジェシーは肩をすくめた。「――どうやらきみらは、何かから逃げてきたみたいだな。オークや不死族《アンデッド》に追われているとなると、少々問題だ」

シホルは眉をひそめ、下唇をそっと噛《か》んだ。考えこんでいる。メリイも不審に思った。ここはクアロン山系の山間《やまあい》で、ナルギア高地の北東だ。詳しいことはわからないが、おそらく旧アラバキア王国領か、旧イシュマル王国領だろう。いずれにせよ、人間にとっては敵地で、オークや不死族《アンデッド》の領土のはずだ。どうしてメリイたちがオークや不死族《アンデッド》に追われる身だったらまずいのか。

ジェシーらはオークでも不死族《アンデッド》でもなさそうだが、こちら側ではない。オークや不死族《アンデッド》に与《くみ》するあちら側だろう。

メリイは単純にそう考えていたのだが、違うのか。

「……オークでも、不死族《アンデッド》でもありません」

シホルはそう答えた。かならずしも真実ではないが、嘘でもない。最後にメリイたちを追いまわしたのは、たしかにオークでも不死族《アンデッド》でもないのだから。

「……あたしたちは、獣から逃げてきたんです」

「きみらは義勇兵だろ？」ジェシーは左眉を吊《つ》り上げた。「一人ならともかく、頭数もそろっている。獣なんか追い払えよ。情けないな」

「グォレラの群れだ」と、セトラが呟《つぶや》くように言った。「何頭か殺したが、やつらは逃げなかった」

「ああ」ジェシーは目を瞠《みは》った。「それは災難だったな。その話が本当なら、だが」

「事実です」シホルにしてはかなり強い口調だった。「……命からがら、ようやく振りきって、この村を見つけたんです。……でも、どういう人たちが住んでいるのか、わからないから。……それで、ハルヒロくんが一人で様子を探りに行って」

「食べ物やなんかを盗んだり、略奪したりするために、かい？」

「……何かと引き換えに、分けてもらえるなら、分けてもらいたいです。ただ、あたしたちは、……あなたたちが交渉可能な相手か、見きわめる必要がありました」

「一応、筋は通っている」

ジェシーは剣を引いた。途端にメリイは、今まで息をしていなかったかのように呼吸が楽になった。

代われるものなら、ハルヒロと代わりたい。とにかく、ハルヒロだけは失うわけにいかないのだ。何を措《お》いても、ハルヒロを守らないといけない。ハルヒロにはこれ以上、傷ついて欲しくない。ああいう人だから、ハルヒロはあれにもこれにも気を配り、できることはぜんぶやろうとして、ろくに休んでいないはずだ。おいしいものをたくさん食べさせて、ゆっくりと眠らせてあげたい。

「何か……！」

耐えきれなくなり、叫んでしまってから、わたしは何をやっているんだろうと深く悔いたし、とてつもなく恥ずかしくなった。顔が熱い。熱くて熱くて、痛いほどだ。今すぐ足《あし》許《もと》に千尋の穴を掘って飛びこみたい。

もちろん、そんなことはできない。

あたりまえだ。

「……何か、できることはない？　わたしに、何か。……何でも、するから」

ジェシーは「ワオ！」と片手を上げて、驚いたような顔をした。

「女の子がそんなことを言うものじゃないな」

「そ、そういうっ、意味じゃ……」

「いや、何でもするっていうのは、そういうことも含むんじゃないの？」

「……ご、ご所望と、あらば……」

「メ、メリイ、だめ！　そんな……！」とシホルが泡を食って言った。

「そ、そうっすよ！」クザクは声を裏返らせた。「い、いかんでしょ、それは！　何だったら、俺が何でもするし!?　俺だったら、ほんとマジで何でもするし!?　平気だし!?」

「ユメだってなあ、何でもするしなあ！　白神《しろがみ》のエルリヒちゃんの真似《まね》とかでもなあ！」

「へえ」とジェシーが顎をさわった。「やってみてよ、エルリヒの真似」

「うん、いいよ！」

ユメは犬がお座りをするような姿勢になって、「わおおおおぉぉーん」と吠《ほ》えた。

「うぉぉぉおおん。わぉん、わぉん、うぉんっ。わおおおおぉぉぉぉぉぉーんっ」

「ふうん。……それ、似てるのか？」

「似てるよ！　ユメなあ、夢にエルリヒちゃんたまに出てきてな、こうやって吠えてたしなあ！　わおおおおぉぉぉぉーんってなあ。めっちゃかわいいねん、エルリヒちゃん。ぽわぽわしててなあ、やさしくてなあ！」

「ああ。そうか。きみは狩人《かりゅうど》なんだな。おれも狩人だったんだよ」

「ふぉおっ!?　そしたらなあ、お師匠のこと知ってるのんとちゃうかな？　えっとなあ、イツクシマってゆってなあ」

「知ってる、知ってる。きみはイツクシマの弟子か」

「うんっ！　お師匠、だいぶ会ってないからなあ。会いたいなあ……」

「会えるといいな」

ジェシーはにっこりと、作り物めいてはいないのに、どこか空虚な笑みを浮かべた。

絶対に忘れてはいけない。この男はハルヒロの背面打突《バックスタブ》で致命傷を受けたはずなのに、しれっとしている。人間のようで、どうも元義勇兵らしい。ユメと同じ狩人だったという。

それでも、彼は明らかに普通の人間ではない。

「言ったとおり、おれとしてはきみらを殺したくてたまらないってわけじゃない。必要なら殺すしかないし、そうしたとしてもおれの心が痛むことはないが、――そうだな。この先どうなるかは、きみら次第だ」

「……どういう意味でしょう」と、シホルが身構えて訊《き》いた。

「簡単さ」

ジェシーは剣を鞘《さや》に収めた。

その行為を和解の証拠だと思ったら、きっと大間違いだ。

「ギブアンドテイク。わかるだろ?」

いったいメリイたちがジェシーに何を与えられるというのか。

同時に、メリイは考えてしまった。これまでハルヒロがしてくれたことに値するだけの、どんなお返しが自分にできるだろう。

6. 幸せの歩幅

緑色の外套を着ている、女、——なのだろう。たぶん女だと思うのだが、怖くて訊けないし、言葉が通じそうにないので、そもそも訊けない。でもまあ、おそらく女だ。胸が、アレだし。ついてる？　というか、でかいし。背が高いといっても、男に負けないくらい長身の女だっている。でもなあ。……顔がね？　美人とは、なかなか言いがたい。肌の色も、緑がかったクリーム色だったりするし。鼻がないし。いや、あることはあるんだけど。鼻の穴だけ、というか。歯と歯茎が見えている口とかも。目も赤いし。なんか、おっかないっす。オークより怖い。ちなみに、彼女の名前は、ヤンニ、というらしい。

ヤンニに先導されて山に入り、しばらく歩くと、山小屋的な建物が見えてきた。的も何も、山小屋か。山小屋の横には、切りそろえられた丸太が積まれている。そういえば、さっきからコーンコーンという音が断続的に聞こえていた。どうやら、どこかそのへんで誰かが木を伐《き》っているようだ。ということは、ただの山小屋じゃなくて木こり小屋なのか。

ヤンニは顎をしゃくって丸太の山を示した。もしかして、あれで何か作れ、とでも？

「……んなわけないっすよねぇ」

クザクは目には見えない長い物体を担ぐような仕種《しぐさ》をしてから、来た方向に首を振ってみせた。

「あれを運べってこと？　村まで？　だよね、たぶん？」

ヤンニは、そうだ、というようにうなずいた。

クザクは自分を指さした。

「俺、一人で？」

「ア？」と、ヤンニが首をかしげる。

「えーと、なんだろ、その作業？　仕事？　俺、一人でやんのかなあ、みたいな。ほら、けっこう大量にあるし？　百本とか、余裕であるよね？　もっとかな。しかも、あの木、わりとでかいじゃないっすか。一人で運べっかな、とかね？　若干、懸念が……」

ヤンニは黙って聞いていたが、クザクの言葉が途切れると、早くとりかかれ、とでも言いたげにまた顎をしゃくった。クザクは顔をしかめて頭を抱える。

「……くっそ。交渉の余地なしかよ。けっこうぎりぎりまで消耗してるとこに、肉体労働はきっついな……」

ヤンニが、シュューッと歯の隙間から息を吐いた。きっと威嚇だ。おっかない。クザクは首をすくめ、頭を下げた。

「オケっす。やらせてもらいまっす」

「ウォラァ」

「……え？　何すか、それ。どういう意味？」

「ワオゥフ」

「いや、わっかんねーなぁ。でもたぶん、早くしろとか、そういうことっすよね。やります。やりますす。まぁ、こういうのはね。女性陣には無理だし。エンバクンは片腕だしね」

「ネァクッ」

「はいっ！　だから、やるってば！」

クザクは小走りに丸太の山のほうへと向かった。ダッシュするくらいのつもりだったのだが、腹からとんでもなく大きな、ぐううううううう、という音がほとばしり、ふらついた。

やばい。腰が抜けそうだ。体に力が入らない。

なんとか転ばずにすんだが、とても立っていられなくてうずくまった。

「……おぉ。何だこれ。目が回ってる。おぉ。すげぇ……」

ヤンニが歩みよってきて、「ルァ？」とクザクの顔をのぞきこんだ。やっぱりなんとも恐ろしい面構えだが、なんとなく気遣いらしきものが表れているように思えなくもない。

「……ちょっと、その、……いわゆるハラヘリで。ハラペコっつか。同じか。まともに食ってないもんで。こんなこと言っても、あれかもしれないけど……」

ヤンニは一つ息をつき、外套《がいとう》の中で何かごそごそやりはじめた。そうして、ほら、という感じでクザクに包みのようなものを差しだした。

厚い葉っぱで何かを包んでいるのか。クザクは「……あぁ。どうも」と受けとり、なにげなく鼻を近づけると、——これって。よくわからないが、たぶん穀物系のにおいだ。あっという間に口の中が唾液で一杯になった。

「……く、食い物?」

ヤンニは少し照れくさそうにそっぽを向き、小声で「ウォラァ」と言った。気の迷いかもしれないが、ちょっぴりかわいかった。顔は怖いんだけど、悪い人じゃない……?　人じゃないか。

葉っぱの包みをとくと、褐色のやや平たい団子とパンの中間のようなものが姿を現した。三つ。三つも入っている。手づかみして、食らいつく。

「——おぅ……っ……!」

入ってる。

中に何か入ってるよ。

何かこう、甘塩《あまじょ》っぱく味つけされた、肉的なものが。餡《あん》みたいな。

外側の団子だかパンだかも、味は濃くないが、もっちりしていて、——いい。

これ、いい。

一言でいえばうまいのだが、うまい、と口にできないほど、うまい。ここまで空腹じゃないときに食べたらそこまでじゃないのかもしれないが、ともかく今はうまい。命のありがたみをしみじみと感じる程度にはうまい。うまくて、うますぎて、脳天から変な汁が噴きだしそうだ。うンまい。うみゃい。……うみゃいって何だ。うまい。

気がついたら、泣きながらむさぼり食っていた。泣くなよ俺、とクザクはもちろん思ったが、泣いている自分をそう強く責める気にはなれなかった。

そんなこんなで団子とパンの中間のようなものを三つ平らげると、幸福な充足感で頭が痺《しび》れた。瞼《まぶた》や小鼻がぴくぴく痙攣《けいれん》するのを止められない。――つか、もっと食いてぇ。それが偽らざる本音だったが、今ならこの団子とパンの中間のようなものを百個くらい食べられそうだ。きりがない。これでなんとか動けそうだし。

「ヤンニサン」

クザクはヤンニに笑いかけた。というか、勝手に顔がほころんだ。

「ありがと。めっちゃうまかったっす。助かりました」

ヤンニは一瞬、クザクと視線を合わせただけでぷいっと横を向いた。ヌァンとかワァクンダウォとか何とか言っている。怒っているのか。そういうわけでもないのか。よくわからない。異種族コミュニケーションはなかなか難しい。

クザクは立ち上がった。鎧《よろい》は着ていない。脱いで、置いてきた。当然、剣も盾も持っていない。丸太の山をちらっと見る。

「……働かざる者、食うべからず、ね」

ギブアンドテイク、というやつだ。

ジェシーと名乗る男は、クザクたちを殺しはしない、食べ物と水、それから寝る場所も、与えなくはない、しかしながら、ただではない、と言い渡した。さらにやつは、こんな条件を付け足した。——この村、ジェシーランドから出ることは許さない。

ハルヒロを人質にとられ、全員拘束されている以上、選択の余地はなかった。というか最初、クザクは正直、あれ、そんなんでいいの、と思った。ハルヒロをふくめたクザクたちの身に直接的な危険が及ぶような、もっとやばいことになるのではないかと予想していたからだ。食える。眠れる。命がある。充分じゃね？

でも、働かされることになり、ヤンニにうながされるまま歩きはじめると、ジェシーランドから出られないという条件が重くのしかかってきた。当面はまあ仕方ないとしても、いつまでここにいればいいのか。ひょっとして、ずっと？　永遠に？　死ぬまでこの村で暮らすってこと？　もうオルタナには帰れない……？

クザクは丸太の山に近づいていった。一本、持ち上げてみる。重い。長いし。とはいえ、持てないほどではないので、「よっ」と肩に担いでみたら、丸太がぐらぐらして、クザクはふらふらしてしまった。ヤンニに「プッ」と笑われた。

「ちょっと、ヤンニサン。笑わないでよ。まだ慣れてないんだからさ。コツさえつかめば余裕だって。いや、マジで」

おそらく重心だ。丸太の中央あたりを肩に載せるようにする。案の定だ。丸太はあまり揺れなくなった。

「ほら。ね？」

ヤンニは「クハッ」と鼻先で笑った。

「……なんだよ。少しかわいいと思ったらそれかよ。いいっすよ。働けばいいんでしょ、一生懸命働けば。よし。行きます。ヤンニサン、まだついてくんの？　見張らなくても、俺、逃げたりさぼったりしないけどね」

「ウォラァ」

「はい、はい。行けとか、やれとか、そういう意味だよね、そのウォラァって。頭とかよくない俺でも、いいかげんわかるって」

「ワオゥフ」

「早くしろって？　うっす。了解っす」

クザクは二メートル以上ある丸太を担いだまま、歩きだした。

村からこの木こり小屋まで、どれくらいかかっただろう。たぶん三十分ほどか。丸太を運びながらだと、もっとかかりそうだ。今日中に何往復させられるのか。気が遠くなる。

ヤンニはクザクの後ろについた。今だ、この丸太を振りまわして、——と、埒《らち》もないことを考える。たとえヤンニを倒して逃げられたとしても、先がない。

「……ヤンニサン、悪い人じゃなさそうだしな」

ヤンニだけではない。クザクが思うに、ジェシーランドの住民たちは、見た目こそブサイク、――いや、あくまで人間であるクザクの美的感覚に照らし合わせるとそうだという話でしかないのだが、生き物感がないから問題外の不死族《アンデッド》はともかくとして、オークやゴブリン、コボルドといった種族と比べても、見目麗しいとは言いがたいような気がする。ダルングガルの奇々怪々な連中よりはましだが、やっぱりどうも不気味だ。外見は。中身のほうはどうか。

畑で野良仕事に励んでいたやつらは武装している様子もなく、ザ・農民というおもむきだった。外套組にしても、皆、体格はいいし、武器を携帯しているようだが、粗暴な印象は受けない。身のこなしからすると、だいぶ鍛えている。何らかの訓練を受けているようだ。でも、戦士より狩人《かりゅうど》の動きに近い。ジェシーは元狩人らしいから、あの男が外套組に手ほどきをしたのかもしれない。

ヤンニからあれこれ聞きだせればいいのだが、今のところは無理だ。

「まぁ、俺が考えてもねってていうのも、な……」

最初は丸太の位置が定まりきらなくて歩きづらかったが、すぐに慣れていい調子になってきた。こうやって体を動かしていると、気が晴れる。つまるところ、頭脳労働よりも肉体労働のほうが圧倒的に向いているのだろう。

ハルヒロやシホルを見ていて、クザクはつくづく思うのだ。

自分は視野が狭い。目の前に敵の集団がいれば、どう対処するべきかと思案を巡らすことくらいはできる。それが限界とまでは言わないが、たとえば一年後のことなんか想像もつかない。一ヶ月後でも遠すぎる。十日後ですら具体的に思い描くのは難しい。明日。数日後。その程度が関の山だ。

あれこれと気を配るのも得意じゃない。自分なりに仲間たちをよく見て、仲間のことを考えているつもりだが、とくに女性陣の頭の中は不可解すぎる。ユメは天然すぎて意味不明だし。おもしろいから、いいけど。シホルにはぜんぶ見透かされているような気がして、若干怖かったりするし。でも、シホルサン、あんた自身はどうなんだよ？　仲間、仲間、仲間で。シホルサン的にはそれでいいんすかね、なんて、思っても言えない。セトラあたりはもう、クザクを人間と見なしていないのではないか。

メリイは――、
いろいろあって、どうしても気になるので、ついつい事あるごとに彼女の言動や表情をうかがってしまう。

アレな。

うん。

ハルヒロを魔法で治したときの。

じつは、その前からクザクは内心、おやおやおや、と思ったりしていた。

言うまでもなく、メリイがハルヒロを心配するのは当然だ。ハルヒロはリーダーなんだし。メリイがハルヒロを尊敬していることも、クザクはよく知っている。尊敬というと、表現がやや硬いか。崇拝？　それだともっとアレか。何だろう。高く評価していて、厚い信頼を寄せている、みたいな？

「……俺だって、そうだけどさ」

控えめに言っても、ハルヒロは恩人だ。ハルヒロがいなければ、今の自分はない。何だろうな。口やかましくああしろこうしろと言ってくるわけではないんだけど、背中で語る的な？　ああいう男になりたい、とか思うわけじゃない。なれないしね？　ただ、ついていきたい。力になりたい。

ハルヒロは人一倍、がんばってっからさ。自分もやらなきゃって、励まされるっていうよりも、自然に思えたりするし。もっとやれるんじゃないか、やれないわけないよね、みたいな？　だって、ハルヒロがやってんだからさ。眠たそうな目ぇしてたりするし、尋常じゃない、人並み外れたヒーローみたいなのとはぜんぜん違うんだけど、それでもすげーんだよ、俺らのリーダーは。

メリイもきっと、同じように思っている。

だけど、それだけなのか？

自慢ではまったくないのだが、クザクはそんなに鈍いほうではない。勘のいい女性ほどではないにしても、それなりに恋愛センサーが働く。だから、まったくあやしんでいなかったわけではないのだ。

なんかこう、ね。

セトラがハルヒロにべたべたしてると、メリイサン、態度が微妙だったよね。ややキレ気味だったりすることもあったよね。

いやまあ、とくにそういう気持ちがなくても、パーティの仲間で、しかもリーダーの男が、どこの馬の骨ともわからないということはないにせよ、少し前まで見知らぬ他人だった女にかっさらわれると、女性メンバーとしてはむかつくものだろう。クザクだって、ユメやシホルがどこぞの男とくっついたら、なんとなく腹立たしかったりするかもしれない。むろん、祝福するし、すぐ平気になるだろうが、しばらくの間は嫉妬未満の生焼けの焼き餅みたいな気持ちが湧いてくる。とりわけクザクたちは、ダルングガルで他の人間とあまりつきあわずに仲間だけで密に過ごしたりもしたから、たぶん結びつきが強い。何ですかね。俺のねーちゃんや妹とつきあうのはいいけど、目の前でイチャコラすんのはやめて欲しいし、傷つけたりしたら承知しねーよ？　みたいな？

メリイもそういうアレなのか。——と、クザクは初め、考えようとした。

でも、それとはちょっと違うんじゃね？

なんかさ。

メリイサン、ガチでジェラシってね？

わりと、ジェラシーがメラメラっぽくないっすか？

しかし、そのへんについては、クザク自身の完全には断ちきれないメリイへの思慕が作用してそう感じさせているのかもしれない。断定するに足る根拠はないとクザクは思っていた、――んだけど、なぁ。

メリイは光の奇跡《サクラメント》でハルヒロの傷を癒やした。そのあと、手をのばしてハルヒロの顔にさわろうとしたのだ。あのときの表情が目に焼きついて離れない。

眉根を寄せて、目を細め、唇をすぼめて、何か言いたそうで、でも、何も言えないようで、存在ごと吸い寄せられているような、あるいは、全身全霊で引き寄せようとしているかのような、――本当に、いい顔をしていた。

よかったなぁ、とクザクは心から思ったものだ。メリイサン、よかったね。つらかったよね。ハルヒロのこと、一刻も早く治してやりたかったんだもんな。一秒一秒、針のむしろっていうかさ。自分が傷を負ってるみたいに、めちゃくちゃ痛かったんだろうね。マジでほんとによかったよね。やっと治してやれて。仲間だもんな。俺らのリーダーだし。そりゃあね？　ほっとしただろうし。嬉《うれ》しいだろうし。

でもさ、それだけ？

ありていに言ってしまうと、これメリイサン、ハルヒロのこと好きなのかもな、――と、それほど動揺することもなく、わりあいすんなりと、半分くらいは納得してしまった。いや、ありえないでしょ、と否定してもよかったのに、できなかった。それどころか、ありえるよな、と得心がいったというか。

そうだったのか。なるほど。なるほどねぇ。そういうことでしたか。あぁ、そっかそっか。わかるわかる。つか、ね。後出しジャンケンみたいでアレだし、今から考えれば、だけど、なんとなくわかってた。――みたいな？

しかし、ハルヒロはどうなのだろうか。

そこはほら、そのへんの、月並みな？　凡百の女じゃなくて、メリイサンだからさ。好きか嫌いかでいったら当然、好きだろう。いくらボクネンジンのハルヒロでもね？　いや、これはディスってるわけじゃなくて、真面目って意味なんだけど。ああいう人だから、仮に本気で好きになっても、告《コク》ったりはしなさそうだけど。ハルヒロ、奥手そうだし。何より、仲間だし。メリイって美人だよな、いいよな、と思っても、すかさず自制する。恋と仲間。どっちを優先するか。ハルヒロなら仲間を選ぶはずだ。

どっちもとっちゃえばいいんじゃねーの。

クザクならそんなふうに考えてしまうが、ハルヒロにはきっとそういう器用な真似《まね》はできないだろう。そのへんも、ハルヒロがハルヒロたるゆえんなのかもしれない。

そして、メリイにもハルヒロと似たところがある。

てことは、だよ。

茨じゃん？

周りがオッケーオッケー、もしお互いが好きならつきあっちゃえよみたいな空気になっても、――それはそれで、クザクとしては多少つらいが、ランタのクソアホ馬鹿とかじゃない。そこらの顔がいいだけの軽薄野郎とかでもない。ハルヒロなら、涙をのんで幸せになってくださいと言える。嘘《うそ》じゃない。ちゃんと言える。そもそも、メリイにさっくりふられたクザクには涙をのむ資格なんてないわけだが、そこは気分の問題だ。

でも、じつは両思いだったりしても、あの二人はいかないよね。

どっちからも、きみが好きなんだとか、あなたが好きですとか、言わない。言いそうにない。言葉にしなくても、雰囲気でそんな流れになって、やっちゃって、――みたいなことにも、まあなりそうにない。たとえお互い好き同士だったとしても、周囲をやきもきさせるだけさせたあげく、何も起こらないんじゃ……？

それに、セトラがいる。あの女はハルヒロにガチ惚《ぼ》れしているみたいだ。明らかにメリイよりも百倍、いや、一万倍は積極的だから、そのうち夜這《よば》いくらいしかねない。そうなったら、ハルヒロは拒めないだろう。何せ、真面目だから。契約を盾にとられたら、やることをやってしまうかもしれない。

その結果、子供ができたりするかもしれない。

ジェシーランドでその子供を育てることになったりするかもしれない。

メリイはかわいいもの好きなので、意外とその子供を溺愛したりするかもしれない。

そうなったらそうなったで人生の一つの形ではあるし、いつかぜんぶ笑って話せるような思い出話になったりするのかもしれないが、どうなのだろう。その過程をまざまざと見せつけられるメリイの心境は？　けっこう、ダメージでかくね？　しかも、一発で終わらない、持続ダメージってやつだよな……？

きついよ。

きつすぎるって。

それでも、あきらめ、受け容《い》れて、自分の立場をわきまえ、けなげにハルヒロの幸福を祈り、何かと骨を折ろうとするメリイの姿が目に浮かぶ。

――そう、……なんだよな。

あの人、翳《かげ》があるっていうかね。幸薄そうなんだよ。何だろうな。神官で、仲間を死なせたことがあるせいなのか。どこか自分自身を捨てているようなところがある。

クザクとしては、そこが心配なのだ。メリイみたいな人にこそ幸せになって欲しい。いつも笑っていてもらいたいし、できることなら笑わせてやりたい。

力不足だったんだけど。

仲間だからとか、パーティ内でそういうのはちょっととか、今は色恋なんて考えられないとか、メリイがクザクをふったときの理由は、嘘ではないのかもしれないが、おそらくそれだけではない。ようするに、クザクではだめなのだ。メリイからするとクザクはガキっぽすぎて、恋愛対象にならないのだろう。シホルと話していても感じるのだが、どうも弟的なポジションに収まってしまう。結局のところ、自分は女性に受け止めてもらいたいのだ。甘えたい。そういう欲求があるのだろう。

情けない男だ。

だから、メリイに頼ってもらえなかった。

ハルヒロなら、どうよ？

少なくとも、責任感は強い。懐が広い。まあ温厚な人柄だ。一緒にいてめちゃくちゃおもしろい人間ではないが、妙に落ちつく。狭い天幕で肩をくっつけて寝ていても、不快にさせない。わりと癒やし系だ。

メリイにはたぶん、合っている。

もしハルヒロとメリイがそういう仲になったら、シホルやユメはどんな反応を示すだろう。驚きはしても、否定的なことはきっと言わない。喜び、祝うのではないか。

——閃《ひらめ》いた。

閃いちゃったぞ？

いっそのこと、二人をくっつけちゃえばよくね……？

二人に任せておいたら、絶対に進展しない。だったら、外側からそう仕向ける。シホルあたりに協力を仰いでもいい。彼女なら手を貸してくれそうな気がする。

クザクもメリイのことはまだ好きだが、どうせ望みがない。ハルヒロになら、メリイを任せられる、――なんて、偉そうなことを言える立場ではないが、他の男にとられるくらいなら、ハルヒロのほうが断然いい。メリイが誰かとイチャコラするところなんて、相手がハルヒロでも当然、見たくはないけれど、二人がハッピーなら我慢のしがいがあるというものだ。

問題は――、

シュロ・セトラ。

あの女が邪魔だ。

「どうしたもん、――かねぇって、うぉっ!?」

うっかり地面のくぼみに足をとられ、よろめいてしまった。丸太が跳ね上がるように大きく揺れ、片端が地面を叩《たた》く。ヤンニが「アウッ」と短く叫んだ。

「あ、危なっ……」

クザクは慌てて丸太を担ぎなおす。ヤンニに「シェイワッ！」と叱られた。たぶん、しっかりしろ、といったような意味だろう。

「ご、ごめんってば！　気をつけっからさ、許してよ」

振り向くと、またバランスが崩れそうになった。

「おわっ、うぉっ……」

ヤンニは、しょうがないやつだ、とでもいうように、「ワイネァ……」と呟《つぶや》いた。

7. 戻らない

彼はさして背が高くない。ハルヒロより少し高い程度だろう。撫《な》で肩《がた》で、肩幅も広くないどころか、むしろ狭いくらいだ。外套《がいとう》組は体格のいい人ばかりなのだろうとユメは思っていた。どうやら、そういうわけではないらしい。ついでに言うと、外套組はユメたちを村まで護送した九人だけではなく、他にもいて、この、とぅこたん、という名の彼はその中の一人だ。――とぅこたん？　いや、とぉうきょん？　だったか。ととうきゃん、だったかもしれない。かわいいので、ととうきゃん、でいい。というか、ととうきゃん、がいい。

「なあ、ととうきゃん」

呼びかけると、ととうきゃんは足を止めて振り向いた。目深に被《かぶ》っていた頭巾のひさしの部分を手でつかみ、少し持ち上げる。

彼の顔は紫色で、凸凹している。顎がしゃくれていて、犬歯がせり出し、鼻がやたらと長くて大きい。瞳は赤紫色だ。もじゃもじゃした毛髪は真っ黒で、つやつやしている。

ととうきゃんは弓と矢筒を背に斜め掛けしている。弓は単純な構造だが、出来は悪くない。とても丁寧に仕上げられている。

ユメも弓矢を持たされた。子供が使うような小型の弓と、それに合わせた短めの矢が十二本。

「これなあ」とユメは背中の弓をさわってみせた。「もうちょっと大きいのがいいかなあって、ユメは思うねやんか。この弓、ちっこいからなあ。こんなんやったら、たぶんあんまり矢ぁが飛んでくれないしなあ」

とときゃんは赤紫色の目でじっとユメを見すえるだけで、何も言わない。

「んー……」とユメは首をひねる。どう説明すればわかってもらえるだろう。地面に目を落とす。とときゃんは道からそれて山に入り、ときおり草や木の枝を手でどかしつつ進んだ。でも、歩きやすいところを選んで歩いている。道のようには見えないけれど、とときゃんがよく使っている通り道なのだろう。

上を向くと、小さな鳥がきゅるきゅる鳴きながら飛んでゆく姿がたまたま目に入った。

「トゥオキ」と、不意にとときゃんが言った。

ユメは「にゅ？」とまばたきをする。

「トゥオキ」

とときゃんが繰り返したとおりに、ユメは「とぅ、お、き」と発音してみた。すると、とときゃんはうなずいて、自分の胸を人差し指で叩いてみせる。

ユメは目を見開き、ぱちんっと手を打った。

「ああ！　とときゃんじゃなくて、とぅ、お、き、やってんなあ」

「ヤァイ」

「そっかあ。とぅ、お、き、なあ。とぅ、とぅ、とぅうぉき。ぬぅー。ちょびっと、言いづらいなあ。とぅおきん、はダメかなあ？　ユメ、とぅおきんやったら、呼びやすいと思うねやんかあ。かわいいしなあ」

「トゥオキン……」とぅおきんは目を伏せて、少しだけ肩をすくめた。「レェイ。トゥオキン。ウェイハァ」

「おぉ。それでいいよってことやんなあ？　あらためて、よろしくなあ、とぅおきん」

ユメは右手を差しだした。

とぅおきんはしばらくの間、ユメの右手を不思議そうに見つめていた。それから、そっと自分の右手でユメの右手を握った。ユメがぎゅっと握り返すと、とぅおきんは手を放そうとした。

「だいじょぶ、だいじょぶ。ユメ、べつになあ、痛くしたりとかしないからなあ」

ユメはニカッと笑って手を上下に動かした。とぅおきんの手はしっとりしていて、あたたかい。とぅおきんは戸惑っている様子だが、もう自分から手を引っこめようとはしなかった。とぅおきんのことは信じられる。ユメはそう感じた。

「んっ！　よろしくなあ、とぅおきん」

「……ア？」

「うーんとぉ――」

　ユメはとぅおきんの右手に左手を添え、両手でぎゅっと握った。目をつぶり、よろしく、よろしく、よろしく、よろしく、よろしく、と念じてみる。言葉は理解できなくても、気持ちは伝わるはずだ。目を開けて、笑う。

「よろしくなあ！」

　とぅおきんは「……ヤァイ」と顎を引いた。「……ヨ、ロシク」

「ふぉうっ！　よろしく、よろしくやあ！」

「ヨロシク」

「ぱっ！」とユメはいったん手を放し、すぐにもう一度、とぅおきんの右手を両手で握りしめた。

　とぅおきんは「……ヨロシク」と言ってくれた。

「よろろん！」

「ヨロロ……?」

「よろろん、よろろーん！」

「ヨ、ヨロローン」

「ぐぅっ！」

　ユメが片目をつぶってみせると、とぅおきんもウインクをした。やはり、とぅおきんはいい人だ。人ではないのか。まあ、人だろうと人でなかろうと、どちらでもいい。

「それでなあ」ユメは右手でとぅおきんの右手をつかんだまま、左手で彼の手の甲を軽くぺたぺた叩いた。「とぅおきん、ユメの弓はな、もっと大きいのがいいかなあってなあ」

今度はなんとか通じたようで、とぅおきんは身振りを交えながら、ジェシーがまだユメたちを信用していない、というようなことを言った。小さな弓は取り回しがよいものの、障害物が多い状況で獲物に接近して射止める狩りや、比較的近い距離で行われる戦闘でしか実用できない。射程が長くて威力がある弓矢だと、遠くから狙撃することもできる。自分たちに危害を及ぼすかもしれない相手にそんな武器は渡せない。そういうことなのだろう。ユメは腕組みをして、「そっかあ……」と片方のほっぺたを膨らました。

「なるほどなあ。それやったら、しょうがないなあ」

「レェイ」

「そしたら、とぅおきん、行こかあ」

「ヤァイ」

「けどなあ、ユメたち、どこ行くん？」

とぅおきんは人差し指を立てて、ぐるっと大きく回した。ユメは「ふぉー……」と彼の指の動きを目で追った。

「ぐるぐるするんやなあ」

「ウォラァ」

「うん、うん。ユメ、準備はおっけえやからな。いつでも行けるよお」

とぅおきんが歩きだしたので、ユメはあとに続いた。

それにしても、今ごろ仲間たちはどうしているだろう。どうやらあのジェシーという男は、ユメたちにそれぞれ別のことをさせるつもりのようだ。もしかしたら、食事をとったり眠ったりする場所も分ける気なのかもしれない。もしそうだとしたら、仲間たちになかなか会えなくなる。とりわけシホルやメリイと一緒にいられないのは寂しい。

とぅおきんはときどき振り返り、そのたびに速度を調整した。ユメを気遣ってくれているのだろう。

「とぅおきん、やさしいなあ。ユメは平気なんやけどなあ。ユメ、ちゃんとついてけるから な、そんなに気にしてくれなくてもいいよ」

そう声をかけると、とぅおきんはちらっとユメを振り返ってから少し足を速めた。それ以降、歩をゆるめることはなくなった。

ユメはとぅおきんに遅れないようにすることと、周囲を観察することに集中した。いろいろなことが頭に浮かぶが、考えたところでどうなるわけでもないので、余計なことは考えないほうがいいのだろう。

生まれ変わったら、次は狼犬《おおかみけん》になりたい。ふと、そんなことを思った。

たまに、人間は自分に向いていないのかもしれない、と感じる。誰にも言ったことはないし、たぶんこの先も話さないだろうが、自分のような者は人間ではないほうがいいのかもしれない。狼犬以外だと、ニャアもけっこうよさそうだ。

「……あかんなあ」

呟いて、雑念を追い払う。

とぅおきんはたまに樹木や地面をさわる。ぱっと見ただけではまず気づかないが、木や地べたに杭《くい》のようなものが打ちこんであるようだ。きっと何かの目印だろう。ここは自分たちの領域だと確認するための印なのかもしれない。

何度か短い休息をとった。そのたびにとぅおきんがユメに水筒を差しだし、水を飲ませた。褐色のちょっと平べったい団子とパンの中間みたいなものを食べさせてもくれた。水には香草か何かで爽やかな風味がつけられていて、団子だかパンだかはおいしかった。

いくつめの目印だろう。最初のほうは数えていなかったので、正確にはわからないが、おそらく四十個目かそこらだと思う。とぅおきんは屈《かが》んで地面を探った途端、顔を上げて素早くあたりを見まわした。

ユメも姿勢を低くし、背中の弓に手をのばした。どうかしたのか。訊《き》きたかったが、静かにしていたほうがいい。

とぅおきんはまだ身を屈めている。右手で地面から杭のようなものを抜き、それを懐にしまった。あの杭に何か異状があったのか。

「ユゥーメ」と、小さな声でとぅおきんがユメの名を呼んだ。

「うん。何？」

ユメが囁《ささや》き声で返すと、とぅおきんは右手で口をふさいでみせてから、前方を指さした。そして、掌《てのひら》を下に向け、何度か右手を上げ下げする。たぶん、前進する、ただしゆっくり、ということを仕種《しぐさ》で伝えようとしているのだろう。ユメはうなずいてみせた。

とぅおきんが足音を忍ばせて進みはじめた。ユメもついてゆく。

日が傾いてきた。かなり歩いたが、そこまで村から離れてはいない。きっと、村の周辺を巡回して危険が迫っていないか確かめ、何かあればジェシーに報《しら》せるのがとぅおきんたち外套組の役目なのだろう。

ユメは足を運びながら、腰に下げている刀の柄《つか》をさわった。ジェシーが捨てさせたユメたちの武器は、外套組が回収してきて村を出る前に返してくれた。最初に使っていた剣鉈《けんなた》や、ワンちゃんと呼んでいた湾刀より、この刀は長くて重い。だいぶ使い慣れて、今は違和感なく扱えるようになった。

とぅおきんは明らかに警戒している。何か脅威になるものが近くにいるかもしれない。それを探しているのだろう。

じつは、ユメも少し前から何かを感じている。

何か、としか言えないが、うなじのあたりが微《かす》かにちりちりするのだ。

気のせいならいい。でも、そうではないかもしれない。

正直、そうではない可能性のほうが高いとユメは思っている。

「とぅおきん」

「ア？」

「なんか、いるかもなあ？　ユメな、見られてる、……ような気がするねやんかあ」

「レェイ」

とぅおきんもユメと同じように気配を察知しているようだ。しかし、それらしいものは見当たらない。

突然、甲高い鳴き声と羽音がした。鳥か。

とぅおきんが立ち止まったので、ユメも足を止めた。やはり鳥のようだ。楽しげにさえずっていた鳥たちが、何かに驚いて飛び去ったらしい。ユメたちがびっくりさせたのではないだろう。きっと別のものだ。

「なあ、とぅおきんとユメで、探す？」

尋ねると、とぅおきんは細く息を吐いた。迷っているようだ。

「とぅおきん」と、ユメはとぅおきんの腕にそっと手を置いた。「迷ってしまうときはな、決めなくていいよ。そういうときは、誰かの力を借りたほうがいいからなあ。あのな、できることを自分でやるのは大切やけど、もっと大事なんは結果やんかあ。あとな、とぅおきんが無理して危ない目ぇに遭うのもよくないからな。とぅおきんにも仲間がいるやんかあ。とぅおきんが大怪我《おおけが》とかしたら、誰も喜ばないからなあ。ユメがゆってること、わかってくれたらいいんやけどなあ……」

とぅおきんは「ダイジョブ」と答えて、唇の両端を引きつらせるように吊《つ》り上げた。笑ったようだ。

「ダット・アンブー。オ・デア。ウ・ネンス・ジェシー」

たぶん、だが、――暗くなるので、もう帰る、このことはジェシーに報告する、といったようなことを、とぅおきんは言ったのではないか。ユメはそう理解することにした。

「そしたらなあ、とぅおきん、帰ろかあ」

「ヤァイ。ウォラァ」

「気をつけてなあ。あのな、家に帰るまでが遠足なんやって」

「エン、ソク……」

「ええっと、遠足は、……ちょっとむつかしいから、今度なあ。まずは帰ろ！」

ユメはとぅおきんの背中を叩《たた》いて、踵《きびす》を返した。とぅおきんがついてくる。これだと、まるでユメがとぅおきんを従えているかのようだ。

「とぅおきん、とぅおきん、先に行ってくれないとなあ。ユメ、まだ道がよくわかってないしなあ」

「ワッ」

とぅおきんは少し恥ずかしそうに「ダイジョブ」と親指を立ててみせてから、ユメを追い越した。ユメはくすくす笑った。

「とぅおきん、かわいいなあ」

この先、どうなるのか。ユメも不安ではある。けれども、どうにもならないということはないだろう。

何しろ、シホルがいて、メリイがいて、クザクもいる。シュロ・セトラとエンバも何のかの言って、たとえば自分が助かるためにユメたちを犠牲にするような真似《まね》はしない。少なくとも、ユメはそう思っている。それに、灰色ニャアのキイチはとてもかわいい。ハルヒロは大変だったものの、メリイの魔法で傷は癒えた。そのうち目を覚ますだろう。そうすれば、もとどおりだ。

胸が、ちくっ……、とした。

「……バカランタ」

もとどおりではない。二度と、もとどおりになることはないのだ。

このまま一生、会うこともないのだろうか。

もちろん、会いたくなんかない。

でも、本当に会えないのだとしたら、ちょっぴり寂しい。

ほんの少しだけ、だ。

もしランタの顔を見たら、むかむかして、ひっぱたきたくなるかもしれない。いや、きっと、かならず、思いっきりグーで殴ってしまうだろう。

ランタにグーパンチをお見舞いする機会も、おそらくないのだろうけれど。

そう考えておいたほうがいい。そんな気がする。

そのほうが、——がっかりしないですむから。

「っ……」

ユメは息をのんで振り返った。

胸がどきどきしている。呼吸が浅く、速い。全身が冷たくなって、汗が流れているのがわかる。何だろう。何か。そう。大袈裟《おおげさ》に言えば、何かに首根っこをつかまれたような感覚に襲われたのだ。

ユメは知らずに刀を抜きかけていた。言葉では説明できそうにないので、勘、としか言いようがない。

「ユゥーメ？」

とぅおきんに呼びかけられて、ユメはすぐさま頭を振ってみせた。

「しぃーっ。……待って。今、なんか……」

目を皿にして、何かを見つけようとする。でも、何を発見すればいいのか。

ただでさえ木々のせいで視界良好とは言いがたいのに、山中はすでに薄暗く、余計に遠くまでは見通せない。

息を二度、吐いた。

冷えた体がみるみるうちに熱をとりもどしてゆく。

「うぉらぁ」

ユメがそう声をかけると、とぅおきんは不審そうではあったが、うなずいた。

ふたたび歩きはじめる前に、ユメはもう一回、周囲に視線を巡らせた。

何かがとぅおきんとユメを見ていた。そのことはもう、疑っていなかった。

問題は、それが何なのか、だ。

8. 過去は追いかけてくるのか

格子越しに、何と声をかけていいものやら、シホルにはわからなかった。決して大きいとは言えないジェシーランドにも、牢屋《ろうや》は必要なようだ。ここはそのために造られた建物らしい。

窓はなく、今は開け放してある出入口から射《さ》しこむ暮れ方の陽光だけが、屋内を仄《ほの》かに照らしている。木製の格子で土間の通路と隔てられた部屋は三つ。通路の右側に二つ、左側に一つある。

右側手前の部屋には、隻腕を胴体に結びつけられ、足枷《あしかせ》を嵌《は》められたエンバが、奥の部屋には両手首と両足首を縛られたシュロ・セトラが閉じこめられていた。それから、灰色ニャアのキイチにも、左側の部屋があてがわれている。

キイチは部屋の隅っこで丸くなり、眠っているようだ。エンバは部屋の真ん中に突っ立っていた。

セトラは側壁に背をもたせかけて座り、向かいの壁を見つめている。格子のこちら側にいるシホルには目もくれない。

「あの……」と、シホルはセトラではなく、隣にいるジェシーに訊いた。「どうして、彼女たちだけ、……こうやって監禁しなければいけないんでしょう?」

「もちろん、用心のためさ」ジェシーは髭《ひげ》の生えた頬を手でこすりながら答えた。「シュロ家の女なら、死霊術師《ネクロマンサー》で人造人間を連れているのはわかる。だが、同時にニャア使いでもあるっていうのはね。あやしいというか、危険だ。ニャアはああ見えて、恐ろしい生き物だからな。仕込めば暗殺でも何でもやってのける」

セトラが、ふっ、と鼻を鳴らした。

ジェシーは薄笑いを浮かべて格子に指をかけた。

「何がおかしい？」

「口で言うほど、我々のことも、ニャアのことも知らんようだな」

「いいや。クゼンの遺民。きみらのことは知っているよ。ひょっとしたら、きみより詳しいかもしれない」

セトラが顔をこっちに向けた。表情には出していないけれど、驚いているようだ。

「……きさま。ただの義勇兵崩れではないな」

「歴史にちょっと通じているだけさ。きみらはニャアに何でもさせた。オークの肉だけ好んで喰《く》らうニャアを育てていたこともある。ニャアは賢い生き物だが、そうはいっても良心や倫理観を持つことはない。育て方次第で、どんなに恐ろしいことも平気でやる。人造人間もその点は似ているな。こそこそ逃げ隠れするのと、殺しの道具を生みだしてそれを使うのが、きみらの得意技だ」

「国を滅ぼされ、住む土地を追われた。我らは苦難を乗り越えねばならなかったんだ」

「それはわかる。同情するよ。おれはね。しかし、きみらのことはどうも信用できないんだよな。そもそも、きみらだって、自分たち以外のことは信じてないだろ？　だから、あんなふうに千の峡谷《サウザンバレー》に引きこもってる」

「祖国が攻められたとき、誰も救いの手をさしのべてはくれなかった。そうやすやすと余所者《よそもの》を信じられるものか」

「つまり、きみらは好きこのんで孤立の道を選んでるってわけだ。他人とうまくやろうって気がないやつを、どうやって信じればいい？　きみらは身内でさえ、掟《おきて》を破れば平気で切り捨てるしな」

「私は里を捨てた身だ」

「シュロ家に生まれたのに、ニャアを飼うような変人だから、もとから除《の》け者《もの》だったんじゃないのか？」

「あの……！」

シホルはこらえきれなくなって声を絞りだした。

青い瞳がシホルを見る。この男の目はどこか奇妙だ。何がおかしいのか。目だけではないのかもしれない。おそらく、顔全体だ。ジェシーの顔を、――皮膚と、その下の筋肉を剝いだら、まったく別の顔が現れるのではないか。

この男の顔は、作り物めいているわけではないのに、本物ではないように思える。

「……セトラさんは、ニャアを大切にしています。あなたが言うようなことを、ニャアにやらせることはない。……あたしは、そう思います。たしかに、……ずっと、行動をともにしてきたわけじゃない。……仲間とも、言えないかもしれない。セトラさんは、あたしのことを、……そんなふうには、見なしていないかもしれない。だけど、……それでも、あたしたちを何度も助けてくれました。……隠れ里のことは、よくわからないけど、セトラさんは信じるに足る人です」

「なるほど」ジェシーは顎をつまみ、少し首を傾けた。「きみがお人好《ひとよ》しだってことはわかった。ああ、これは皮肉じゃない。素直な感想だ。きみのような子は好きだよ。この言い方は誤解を招くかな。好意じゃなくて、好感を抱くってことだ。おれはね」

「……ありがとうございます」

「まっすぐだが、軽はずみじゃない。そこもいい。とにかく――」と、ジェシーは格子を手の甲で軽く叩いた。「彼女はまだ、信用しない。このゲームは慎重に進めているんでね。何だって真剣に取り組まないと、おもしろくないだろ？」

シホルは眉をひそめた。

「ゲーム……？」

「彼女の処遇はまたあとだ。おいで、シホル」

ジェシーは出入口に向かって歩きだし、手招きをした。

シホルはセトラの様子をうかがった。彼女は壁に目をやっている。彼女に仲間と認めてもらうのはなかなか難しそうだ。

ジェシーについて外に出ると、もうだいぶ暗かった。出歩いている住民はいない。夕飯のために煮炊きをしているのだろう。家々から炊煙が上がっている。

「さて、シホル。きみにはジェシーランドの実態をいろいろ見てもらったけど」ジェシーは歩きながら言った。「――どう思う？」

クザクは肉体労働に駆りだされた。ユメは外套《がいとう》組の一人が村の外へと連れだしたようだ。メリイはハルヒロに付き添っている。セトラとエンバ、キイチは囚《とら》われの身だ。

シホルはジェシーにあちこち連れまわされた。畑や住民の家屋、家畜小屋や倉庫の中にも入ったし、井戸、用水路、水車小屋といった設備もこの目で見た。ジェシーは、たとえば、これは水車か、というような簡単な質問にしか答えてくれなかった。

「……どう、――って……」

「ここで暮らしていけそうかい？」

「静かな……」シホルはうつむいて、言葉を選んだ。「……平穏そうな、村です。秩序だっていて。……食べ物と水さえあれば、生きていくことは、できますし」

「そりゃそうだ。だけど、ただ生きてるだけじゃあ退屈だろ？」

「……そう、ですね」

「義勇兵だったこともあるから、刺激のある生活から抜けられないっていうのは理解できる。おれはね」

「あたしは、……平和なほうが、向いているかもしれません」

「疲れちゃってさ。――疲れた？　違うかな。何だろう。飽きたのかな？　はっきりとは思いだせないな。あのころの気持ちは。とにかく、義勇兵を辞めて、仲間とも別れて、一人になってみたんだ。一人旅ってやつだな。風の吹くまま、気の向くまま？　日本語にそういう表現、あるだろ？」

「……はあ。……ニホンゴ……」

「きみは日本人だろ。ジャパニーズ。――と、言われても、わからないんだよな」

「わから、……――」

シホルの足が勝手に止まった。

何か、大事なことを忘れているような気がする。

それも、これが初めてじゃない。

同じようなことが以前にもあった。

何度も。

数えきれないほど、何回も。

ゆっくりと首を巡らす。速く動かしたら、倒れてしまいそうだった。ここは……?
ここは、どこなの……?

ジェシーランド。
山間《やまあい》の村。
グリムガル。
ここは、何?

カラスのような鳥がどこかで鳴いている。
怖いから、カラスは嫌いだ。
お菓子なんか持ってると、襲いかかってきたりするし。
人間がおいしいものを持ってるって、ちゃんと覚えてるんだよ。

日暮れの街路を足早に歩く。振り返ると、自分の影がいやに長い。思わず逃げだしたくなる。走っても、走っても、振り向くと、影はそこにある。どこまでもついてくる。自分の影なのだから、あたりまえのことではあるのだけれど、怖くて。
怖くて、仕方なくて。

――シホルは、怖がりだなあ。

昔っからだよね。

そう言うあなたは、誰……？

わからない。
思いだせない。
忘れてしまう。
あなたのことも。
何もかも。
そこに誰かがいたことさえも。
そこって？
どこ？
ここじゃない、どこか？
それは……？

ああ――、

わからない。

わからない。わからない。

わからない。わからない。わからない。

「……あたしは」

シホルは手で顔を覆った。

わからない。わからない。わからない。わからない。わからない。わからない。

「――何が……？」

「大丈夫かい」

肩に手を置かれた。

顔を上げる。

影の落ちた男の顔で、二つの青い目だけが爛々《らんらん》と光っているように見えた。

「……だい、じょ、……ぅぶ、です。あたし、……今、何か、言いましたか……？」

「わからない」とジェシーは答えた。「きみはそう言っていたよ。わからないってね」

「……わからない」

「気にしなくていい。それが普通だからな」

「普通……?」

「どうせ、きみにはおれの言っていることがわからない。そういうものなんだ。考えても無意味なんだとしたら、考えないほうがいいだろ?」

「……無意味」

ジェシーは身を屈《かが》めてシホルの耳元で、「——そう。意味がない」と囁《ささや》いた。

「日本。東京。新宿。秋葉原。きみはどうせ、聞いた先からぜんぶ忘れてしまう。理由はわからない。おれにはね。どうしようもないんだ。忘れたことさえ、忘れてしまう」

まるで、脳みそをかき混ぜられているかのような。——記憶。

覚えていること。

それは頭の中にある。

どういう形であれ、脳のどこかに刻まれている。

その部分に、ジェシーの言葉がふれる。

さながら指のように、記憶をつまむ。

ひねって、潰してしまう。それか、どこか別の場所に移動させる。

だけれどそれは、そこに存在しないといけない。動かしてしまったら、記憶が記憶としての機能を果たせなくなる。

——そんなわけがない。

だって、ジェシーはただ囁きかけているだけだ。何を？

何かを口にした。

××。

××。

××。

×××。

××××。

×××××。

×××■■■■。

■■■■■■■■。

■■■■■■■■■。だめだ。

わからない。

わからない。

わからない。

「――シホル。きみも日本からグリムガルに来たんだろう？」

日本。

××。

■■。

来た？

グリムガルに。

「あの開かずの塔から出て――」

出た？

開かずの塔。×××の塔。■■■の×。■■■■■■。――×。塔。あの塔から。

……あの。……ここって、どこなんでしょうか。

誰かが、そう訊《き》いている。

あの、だ、誰か……。

――あれは、自分？

知りませんか？　ここが、どこか……。

尋ねても、無駄だ。

誰も、何も言わない。

誰も、知らない。

わからない。

「きみも赤い月を見たかい？　初めて赤い月を見たとき、どう思った？」

……月。

赤い、月。

そうだ。赤い月を見た。月が赤くて、思わず息をのんだ。

「仕組みはわからない。だけど、きみらは忘れてしまう。かつては、おれもそうだった。偶然なんだ」

「……偶然」

「ある出来事があってね。それ自体は、……プライベートなことで、きみには直接関係ないし、たいした問題じゃない。とにかく、たぶん特殊な条件が重なったせいで、おれは思いだし、忘れることもなくなった。興味深いだろ？」

「……あなたは、知っている、……の？」

「真実《Truth》？　真相を知っているのかって？　それはどうだろうな。確かめるすべがないしね。おれの誇大妄想にすぎないのかもしれないし。少なくとも、おれにとっての事実《Fact》ではある、としか言えないな」

「あなたは、……何もの、なの？」

「おれ？」

ジェシーはシホルから離れて、片目をつぶってみせた。

「ワタシのナマエはジェシー・スミス、デス。マエはギユヘイ、デシタ」

わざと片言でしゃべっているのだろう。ふだんも、ほとんど違和感はないし、流暢《りゅうちょう》だが、ときどきイントネーションがほんの少しだけおかしい。

それからジェシーは、「——おれはね」と付け加えた。

おれはね。何度となく聞いたような気がする。あえて口に出す必要がない言葉だ。単なる口癖なのだろうか。どうも引っかかる。おれはね。

「……ここは、——このジェシーランドという場所は、いったい、……何なんですか」

「ゲームだよ」ジェシーは胸を張って両腕を広げ、くるっと回った。「おれはジャンルで言うとエフピーエスやアールピージーが好きだったけど、シミュレーションゲームも嫌いじゃなかったんだ。この村はおれが一から作った」

「えふ、……あーる、……しゅみれ、……はい？」

「グモォ、と呼ばれる連中がいてね。オークの言葉で、デミ、みたいな意味だ。ようするに、オークが人間をふくめた他の種族に産ませた子供や、その子孫のこと」

「……それじゃあ、……ジェシーランドの住民は」

「そのとおり。彼らは全員、グモォだ」

「グモォ、……の人たちは、……迫害されているんですか……？」

「きみはのみこみがよくて、話が早い。そう。オークはグモォを差別している。しかも、強烈にね。オークはもともと血統を重んじる。だいぶゆるくなってきたとはいえ、氏族は今も重要だ。氏族はわかる？」

「……祖先が共通で、同じ名字を持つ集団、……ですよね」

「うん。それだ」

ジェシーが突然、歩きだしたので、シホルは慌てて追いかけた。

「血を広めて、氏族の勢力を強くするために、オークたちはよく他の氏族の女性をさらってレイプしていた。女の子向きの話じゃないかな」

「……いいえ。平気、です」

「諸王連合が結成されて、クゼン、イシュマル、ナナンカ、アラバキアといった人間族の国や、エルフとかドワーフの領土に侵略したときも、オークは昔からの流儀に従った。人間族はオークを野蛮な獣人のたぐいと見なして、奴隷にしたり、見世物にしたりもしていたから、復讐心《ふくしゅうしん》もあっただろうな。本当に、女の子相手にこんなことを言うのはどうかと思うんだが、殺戮《さつりく》とレイプが恰好《かっこう》の憂さ晴らしだったわけだ。意外だったのは、オークと人間、エルフ、ドワーフが交配可能だったこと」

「……子供が、生まれた」

「これはね。驚くべきことだよ。だって、犬と猫は同じ哺乳類だし、四つ足で、尻尾があって、その気になれば交尾できる。まずその気にならないだろうけどね。とりあえず、可能は可能だ。しかし、子をなすことは絶対にできない。犬同士なら見かけがどんなに違っても、たとえばチワワとセントバーナードでも、理論上は妊娠する」

「……ちわわ」

「ちっちゃな犬だよ。小型犬の犬種。セントバーナードはとても大きい。体格が違いすぎるから、現実的には難しいがね。近縁種のライオンと虎でもいける。ただし、一代限りだ。じゃあ、人間やエルフ、ドワーフとオークは？」

「……オークが、他の種族に産ませた子供や、その子孫、……と、さっき」

「たしかに、おれはそう言った。グモォ同士は交配できる。グモォとオーク、グモォと人間、そういう組み合わせでも、たぶん大丈夫だろう。わかるかい、シホル。つまり、人間、エルフ、ドワーフ、それにオークは、非常に近しい種だってことだ」

「……見た目はずいぶん違う、犬たちのように？」

「興味深いだろ？　進化の過程で分かれたのか。それとも、たまたま遺伝子が似かよっているのか。はたまた、そのように創られたのか。なんにせよ、同類なんだよ。人間も、オークも、エルフも、ドワーフも、兄弟みたいなものなんだ。兄弟同士では普通、ヤらないし、——失礼、この表現は下品だな、劣情に駆られて性的な行為に及んだりしないが、できなくはない。ヤればできる。子供も生まれる」

ジェシーは大きな身振りを交えてしゃべっている。どうやら自分の話に熱中すると、そうなるようだ。癖なのだろう。

それにしても、この男はなぜこんなことを知っているのだろう。思いだし、忘れることもなくなった。ジェシーはそう言った。あれはどういう意味なのか。

ひょっとして、シホルも忘れる前は知っていたのか。知っていたことを、忘れてしまった。だから、ジェシーの話をまったく知らないことのように聞いているのか。

ジェシーはとめどなく、立て板に水のごとく語りつづける。

「オークたちにとって、グモォの大量発生は衝撃だったし、汚点でもあった。ゴミみたいに赤子のうちに処分されたグモォも少なくない。理解はできる。何しろグモォは、憎き人間やエルフ、ドワーフの血を半分引いてるんだからな。ただ、皆殺しにされたわけじゃない。人間たちが思うほど、オークは野蛮じゃないからね。オークと同じような扱いは望むべくもなかったが、生きることを許されたグモォも大勢いる。オークの大きな街に行ってごらん。いたるところでグモォが働いてるよ。誰もしたがらないような仕事と、家畜の餌みたいな食べ物を与えられて、なんとか生きながらえている。醜く、不潔で、臭く、不用意にオークに近づいたら、怒鳴りつけられるか、足蹴にされるかして追っ払われる。雀《すずめ》の涙ほどの価値もない。オークのお情けで、かろうじて生きている。それが標準的なグモォだ。尊厳なんてものは当然ない。気の毒だと思うかい、シホル？」

「……外見は違いますが、あたしたちと、さして変わらない、……ように見えます」

「そうだな。グモォはちょっとインパクトのあるルックスをしている。体格はオークと人間の中間ってところかな。人間とたいして変わらない。一般的に言って、彼らはオークや人間と同じくらい賢いよ。教えれば何だって覚える。オークの街に住んでいるグモォは、卑屈で、ずるくて、怠惰だ。でも、それは環境のせいなんだろうな。我がジェシーランドのグモォたちは、十を与えると十一か十二、返そうとする。一割か二割増しの恩返しをしないと、気がすまないみたいだ。中には気性の荒い者もいる。一日か二日、牢屋《ろうや》に放りこんでおけば、反省してしおらしくなるけどね。総じて従順で、働き者だ。理想の村人ってやつだな。管理しやすくて助かってるが、ちょっとおもしろみに欠ける」

「……そこで、あたしたちを、……新しく村人に加えようと？」

ジェシーは肩を揺らして笑うだけで返事をしなかった。

やがて建物が集まっている一帯を出た。左右は畑だ。日はもう落ちた。

「シホル」と、ジェシーが足を止めた。

「……はい」

シホルはそっと息をついた。杖《つえ》を持つ手に自然と力がこもる。

「きみは変わった魔法を使うね。あれはどこで覚えたの？」

この男はきっと、好奇心が人一倍強い。知りたがりだ。いつか訊かれるだろうと予想していた。

シホルも知りたいことがある。

「……魔法の光弾《マジックミサイル》で、あたしの魔法を打ち消した。あんな魔法の使い方があるなんて。それに、あなたは、……魔法使いには見えません」

「魔法使いじゃないよ」ジェシーはそう言って肩をすくめる。「おれはね」

また、それだ。

おれはね。

ジェシーが振り返る。

「使ってみてくれないか。あの魔法を。もう一度、じっくり見てみたい」

「……あなたを、倒そうとするかもしれませんよ」

「むしろ、そのつもりでお願いしたいな。大丈夫。おれを殺すのはとても難しい。きみは馬鹿じゃないから、わかってるだろ?」

「ダーク」

シホルが呼びかければ、見えざる扉を開けて彼は現れる。いや、扉なんてない。彼はいつもそこにいる。常に彼らはそこらじゅうにいる、と言ったほうがいいかもしれない。ただ不可視なだけだ。シホルにも見えはしない。魔法生物。エレメンタル。魔法使いギルドでは不思議とその実体について教えられない。それは間違いなくあり、感じることもでき、その力を借りることで魔法は効果を発揮する。実際にそうだということをまざまざと見せつけられ、また、自分自身で魔法を実践すれば、否応《いやおう》なく信じるしかない。

エレメンタルと呼ばれるものは実在する。

シホルが思うに、それはおそらく、特定の形を持たない。炎熱《アルヴ》。氷結《カノン》。電磁《ファルツ》。影《ダーシュ》。そういった種類もない。たぶん、シホルたちが考える生物とは完全に異なっている。無色透明で、重量もない。常識的には、そういったものを指して、存在している、とは言わないだろう。存在のあり方さえ違う。

エレメンタルの存在軸とシホルたちの存在軸は平行で、そのままでは決して交わることがない。魔法使いはエレメンタルをこちら側に引き寄せるのだ。そうすることで、接点が生まれる。

通常、魔法使いはそのために、エレメンタル文字や呪文を利用する。精神を集中させ、あるエレメンタル文字を描きつつ、定められた呪文を唱えることで、エレメンタルを引き寄せることが可能なのだ。そう固く信じる。先人たち、魔法使いの先達が切り開き、確立してきた魔法の道を歩めば、自分も同じように魔法を使えるのだ。ある意味、それこそが魔法使いギルドで習うことのできる魔法の神髄であり、秘密なのだろう。

シホルのダークは黒い渦として姿を現し、星のような形となって、彼女の肩のすぐ上あたりに滞空する。

エレメンタルをこちら側に引き寄せるにあたって、シホルは彼を擬人化した。そうするのが一番イメージしやすかったのだ。彼には人と通じあう心などない。それでも、あると仮定したほうが何かと都合がいい。

「おもしろいな。まるで召喚魔法みたいだ」ジェシーは右手の人差し指でエレメンタル文字を描いた。「——マリク・エム・パルク」

魔法の光弾《マジックミサイル》。

ジェシーの胸の前あたりに光る球体が出現した。

大きい。

最初は小さかったのだ。

ごく普通の魔法の光弾《マジックミサイル》だったが、大きくなった。

魔法使いギルドで学んだ知識に照らし合わせれば、奇妙だと首をひねらざるをえない。一定の手順に従うことによって、期待したとおりの現象を引き起こす。それがいわゆる魔法というものだ。だから魔法使いギルドでは、正しい魔法を正しく行うことを学ぶ。

でも、ようするにダークと同じなのだろう。いかにエレメンタルをこちら側に現出させ、力を行使させるか。シホルはダークという方法をとった。ジェシーは魔法の光弾《マジックミサイル》でそれをやってのけている。見かけは違えど、どちらもエレメンタルなのだ。

「……行って、ダーク」

ダークがシュヴュゥゥゥゥンというような異音を発しながら、直進を開始する。シホルは手心を加えなかった。ダークは加速し、最高速度でジェシーを目指す。

ジェシーが唇の片端をちょっとだけ吊《つ》り上げた。右手で押しだすようにして、光球を進ませる。

直後、シホルは、曲がれ、と念じた。直進していたダークが軌道を変える。右へ。急角度で曲がったわけではないが、光球とは激突しない。弧を描くようにして光球を回避し、ジェシーに当てるつもりだった。倒すつもりで撃てと言われたから、あえてそうする。だけれど、通じない。わかっていた。

案の定、光球はダークに合わせて動いた。

ぶつかる。

光が一瞬、強まって、風が起こった。吹きつけるのではなく、巻き上がる強風だ。帽子が脱げかけて、体が浮きそうになる。

ダークは光球に食われるようにのみこまれてしまった。もっとも、同時に光球も消滅したので、食いあった、という表現が正しいのかもしれない。

シホルは息を吸うことも吐くこともできないでいた。――知っている。ずいぶん前から。それどころか、初めから知っていたのだ。

炎熱のアルヴは赤々と燃える炎に似る。

氷結のカノンは雪の結晶に似る。

電磁のファルツは稲妻に似る。

影のダーシュは真っ黒な藻のかたまりのようである。

エレメンタルの四形態。エレメンタルはどこにでもいる。魔法使いの精神の力、すなわち魔力を吸って姿を現し、威力を発揮する。

「おれは魔法使いじゃない」と、ジェシーはまるで言い訳でもするように目を伏せてぼそぼそと言った。「ただ、ゆえあって、というのかな。魔法を使える。シホル。きみは魔法使いギルドで誰から教えを受けた？」

ようやく呼吸ができるようになった。シホルは息を整えてから、「……担当は、魔導師《ウィザード》ヨルカです」と答えた。

「ヨルカ。ああ。彼女、魔導師《ウイザード》になったのか。まだ若いはずなのに、たいしたものだ」

「……ですが、基礎錬成は魔導師《ウイザード》サライに」

「大長老じゃないか」

「魔導師《ウイザード》ヨルカには、……魔導師《ウイザード》サライに教わったことは、かけがえのない財産になると言われました。今はわからなくても、……先々、そのことに気づくだろうと」

「なるほど。だったら、魔法使いが最初に魔法の光弾《マジックミサイル》を習う意味については？」

魔法の光弾《マジックミサイル》。炎熱のアルヴでも、氷結のカノンでも、電磁のファルツでも、影のダーシュでもない。これは何のエレメンタルなのだろう？　そんな疑問を基礎錬成の最後に抱いた記憶がおぼろげにある。

「……いいえ。……直接は」

「そうか。はっきりとは伝えられていなくても、鍵は与えられていたってやつだな」

「鍵、……──」

シホルは杖にしがみついた。

手が、いや、全身が震えている。──鍵。そのとおりだ。

鍵はとっくに与えられていた。あとはその鍵を扉の鍵穴に挿しこみ、回して、解錠し、扉を開け放つだけでよかった。それなのに、シホルは鍵をポケットにしまったまま、ろくに顧みなかった。ある意味、魔導師《ウイザード》サライと魔導師《ウイザード》ヨルカはすべてを語っていたのに。

シホルはとんだ遠回りをした。無駄な骨折りだったとは思わないが、もっと早く気づいていれば、あのときできなかったことができていたかもしれない。苦境に陥った仲間にシホルが手をさしのべ、引き上げることができたかもしれない。——あたしは、馬鹿だ。グズで、間抜けだ。

わかりきったことではあるけれど。それでも、以前よりはましになった。そんなふうには考えないほうがいい。肝に銘じるのだ。自分は劣っている。だからこそ、精一杯頭を働かせないといけないし、決して歩みを止めてはならない。足を止めたら、もうどうでもいいやと投げやりになって座りこみ、前に進めなくなってしまう。

シホルは上を向いて、一つ息をついた。

それから、ジェシーを見すえる。

「魔法使いではないと、……あなたは、おっしゃいました」

「言ったね」

「……そのわりに、お詳しい。どうしてですか？」

「一言では説明できないな」

「……一言でなくても、あたしはぜんぜん、かまいませんけど」

「あれ、通じなかった？」とジェシーは小首をひねってみせた。「婉曲《えんきょく》表現のつもりだったんだよ。おれの言い方がうまくなかったかな」

つまり、言いたくない。話すつもりはない、ということだろう。

やはりこの男のことは一切信用しないほうがよさそうだ。ハルヒロの背面打突《バックスタブ》を食らったのに手当てすら受けず、隠し事が多い。見た目は人間だし、元義勇兵のようで、オルタナのこともよく知っている。しかしながら、少なくとも今は、シホルたちと同じような人間ではない。そう考えるべきだろう。

現時点では言うことを聞くしかない。逆らわず、できれば信頼を勝ちとって、機会をうかがうのだ。

「ところで、シホル」

「……はい」

あまり従順すぎるのも、わざとらしくて見透かされるかもしれない。嘘《うそ》で固めようとしたら、きっと破綻する。できるだけ偽らないようにしつつ、肝心なところでは欺く。自分にできるのか。困難でも、やるのだ。何のつもりか知らないが、ジェシーはこうやってシホルを連れ歩いている。一緒にいるのだから、取り入るチャンスはある。

「何でしょうか」

「きみはなかなかいい体をしてるな」

「……は？」

「脱いだら、もっとすごいのかい？」

「――え……？」

何を言われたのか理解できず、考えこんでしまった。

ああ、そういうことか。

わかった途端、怖くなって、思わず飛びのいてしまった。

「……あ、あ、あ、あああ、あ、あああたしはその、い、い、いいいいい体とかそういうことはなくて、た、ただただ、ふ、太っているだけ、なので、み、見たらがっかりすると請け合いというかっ、で、で、ですからそのっ、ひっ、ひぃぃぃぃぃぃひとさまにお見せできるような代物ではないというかっ！」

「冗談だよ」ジェシーは喉を鳴らして笑った。「本当におもしろいな、きみは」

「……じょ、冗談……」

そうか。冗談。そうだ。冗談に決まっている。あたりまえだ。誰がこんな醜い不恰好《ぶかっこう》な体を見たがるものか。もちろん、見たがるのなら見せるということではない。もったいぶるわけではないけれど。だめだ。それは絶対に。冗談。でも、本当に冗談なのか。この男は信用できない。相手はシホルでなくてもいい、誰でも手当たり次第に毒牙にかけようとするゲスな欲望の持ち主ではないと、なぜ言えるだろう？

「……す、すみませんでした」シホルは咳払《せきばら》いをした。「……真に受けてしまい、……お恥ずかしいかぎりです……」

「いや、きみが問題ないなら、おれはいつでもオーケイだけどね」

「……も、問題ないことも、ない、……ですけど……」

「だからさ、冗談だって」

「……ジェシー」

「ん？　何か言った？」

「いえ。……何も。空耳ではないかと」

「そうかな。殺気すらこめて、おれの名前を呟《つぶや》く声を聞いたような気がするんだが――」

ふとジェシーが振り返った。北西のほうに顔を向けている。シホルもそっちを見た。誰かが畑の中の道を歩いてくる。何者だろう。住民のグモォたちはすでに農作業を終えて各自の家に帰っている。もうだいぶ暗い。シホルは目を凝らした。一人ではなく、二人のようだ。一人が手を振っている。

「にゃあっ！　シホルぅーっ……！」

「ユメ！」シホルは手を振り返した。「お帰りなさい、ユメ！　何もなかった……!?　よかった……！」

「ただいまあ！　ユメはなあ、めっきりだいじょぶやあ！　シホルはどうやったん!?」

「ええと、あたしも……！　見てのとおり、大丈夫……！」

「そっかあ！　それはむんにょりやなあ！　ちがった！　何よりやなあ！」

「本当に……！」

「他のみんなはあ!?　どうしてるん!?」

「みんなは……！」

シホルは喉に痛みを覚え、手で押さえた。

「何もそんなに大きな声でしゃべらなくても」ジェシーが肩を揺らして笑った。「近くに来てからゆっくり話せばいいだろ」

「……です、よね……」

「シっ、ホルぅーっ！　ユメなあ、今、行くからなあ！」

「い、急がなくていいから……」

「おっしゃあ！　とぅおきん、ダッシュしよっ！」

「……走らなくても、いいのに」

そもそも、叫ぶのをやめたシホルの声は聞こえていないのだろう。ユメはもう一人の背中を叩《たた》いて駆けだした。もう一人のほうもユメと一緒に走っている。

「……仲よくなってるし」

ユメらしいと言えばそれまでだが、毎度のことながら驚く。なぜあんなふうに誰とでも、種族さえ超越して馴染《なじ》んでしまえるのか。正直、うらやましい。まぶしく感じることもある。昔は妬ましくもあった。昔といっても、五年も十年も前のことではないけれど。

考えてみれば、グリムガルに来てから二年も経《た》っていないのだ。それ以前のことは、具体的には何も覚えていない。ただ、いろいろな出来事があったのだろう。ぽっとグリムガルに生まれたわけではない。それは間違いないと思えるのに、そうだとしたらあって当然の記憶が抜け落ちている。

だから、この二年に満たない時間がシホルのぜんぶで、どうしようもなく大切なのだ。出会った人たち、失ったもの、何もかもを、いつまでも強く抱きしめていたい。

ユメが同行者の外套《がいとう》組グモォを全速力で追い抜き、ぶっちぎって、「シホルっ！」と右手を上げた。

「……えっ!?　な、何……!?」

シホルは慌てながらも、とりあえず杖《つえ》を左手に持ち替えて右手を前に出した。

ユメは「にゅいんっ！」と、シホルの右手に自分の右手を叩きつける。

ぱちん、と大きな音がして、びっくりしたし、思わずシホルは目をつぶってしまった。掌《てのひら》が痛かったけれど、なぜだか心地よくもあった。

「にゃははあ！　シホルぅ！」

「……きゃっ」

さらにユメが飛びついてきたので、また仰天する羽目になった。足許《あしもと》がふらつく。転んでしまう前に、ユメがシホルを持ち上げてくるくる横回転しはじめた。

「ちょ、……ちょっ、ユ、ユメ、あ、危なっ、あたし、目がまわっ……」

「うおぅっ、それやったらなあ、すかして逆回転っ！」

「そ、そういう問題じゃっ。あ、あと、すかしてじゃなくて、すかさずっ……」

「ぬわぉっ！　ユメ、ようそろ間違えて覚えててんなあ!?」

「よ、ようそろじゃなくて、またぞろっ……」

「またごろうかあ！　さっすがシホル！　そっちやってんなあ！」

「ごろうじゃなくて、ぞろ！　お、下ろしてユメ、お願い、ほんとに目がっ……」

「りょーかい！　なんか用かいっ！　かいかいかぁーいっ！　すとぉーっぴっ！」

　ユメは回るのをやめると、シホルに頬ずりした。もともと同性の仲間にはべたべたしたがる質《たち》だけれど、それにしても尋常ではない。おそらく、ずっとグモォと行動をともにしていて、ユメなりに気が張っていたのだろう。そう思うと、もうよせとは言えない。それに、シホルもユメとふれあっていると落ちつく。——なんて、照れくさくて、口には出せないけれど。ユメみたいに素直になれないから。

　外套組のグモォもユメに遅れてやってきた。とぅおきん、だったか。たしか、ユメにそう呼ばれていた。

　とぅおきんはジェシーに何か話している。オーク語なのか、グモォの言葉なのか。いずれにしても、シホルにはまったく理解できない。

でも、妙に気になった。ジェシーが腕組みをして、星が輝きはじめている空を仰ぎ、思案するように首をかしげたからだろうか。なんだかいいとは言えない予感がする。シホルはどうしても物事を悪いほう、悪いほうに考えてしまう。そのせいだと思いたかった。

9．どうしてきみは

——……気がついたら、さ。
炭酸、飲んでるよね。
喉痛い、とか言いながらさ、炭酸ばっかり、飲んでない？
きみが飲んでる、炭酸飲料。
くれよ。
一口でいいからさ。
喉が渇いているんだ。
しゃれにならないくらい、渇いている。
きみは自動販売機の前に座って、いつものように、炭酸、飲んでる。
夜、なのかな。
もう夜更けなのかもしれない。
暗いし。
真っ暗で。
どこもかしこも、……真っ暗っていうか、真っ黒っていうか。
ただ、あの自販機だけが。

自販機が放つ光に、きみが照らされている。
でも、顔が見えない。
顔だけが。
おかしいな。
知ってるはずなんだけど。
なんでだろう。

きみは、誰……?

訊《き》いてるんだけど。
さっきから、何度も、何度も、繰り返し。
声が聞こえないのかな。
それできみは、うつむいているのかな。だから、顔が見えないのかな。
きみはやっぱり、炭酸、飲んでる。
延々、飲みつづける。
炭酸ばっかり。
おかげで、空き缶が転がっている。数十、数百、それ以上の空き缶が。

そこにも、あそこにも、そこらじゅうに。転がっているどころか。
無数の空き缶が、きみを、自販機を、今にも埋めつくしてしまいそうだ。
ねえ、きみ。
危ないよ。
そこにいたら。
おーい。
声を張りあげて、注意する。
危ないったら。
空き缶が。
変なんだよ。
続々と、増える。
あの空き缶、どこから押し寄せてくるのかな。
おーい。
おぉーいって。
頼むよ、返事、してくれよ。
なんでかな。わからないけど、ここから声をかけることしかできないんだ。
そこまで行けないんだ。

――わかるだろ？

聞き覚えのある声がして、振り向く。
誰かがいる。
真っ黒な、粘つくほど重い暗闇の中に、誰かが。
いることはわかる。でも、姿が見えない。彼が、言う。

――そっちは、居場所じゃない。

――そうだよ。

別の誰かが、言う。

――そっちには、行けない。まだね。こっちにも、来られない。

何だよ、それ。
どういうことだよ。

じゃあ、ここにいるしかないってこと……？

——来たければ、来てもいいけど。

——いいや。だめだ。

——……うん。そうだね。まだ早いよね。

——ああ。そっちに行くな。こっちに来てもいけない。

そうは言うけどさ。

だったら、一人じゃないか。

こんなに暗くてさ。

何もなくて。

ここに一人でいるなんて、とてもじゃないけど、耐えられないよ。

——来て。

自販機の前から、きみが言う。

見ると、きみは立ち上がっている。

きみは下を向いていた。でも、今は違う。顔を上げて、こっちを見ている。
手には炭酸飲料の缶を持ち、黒い、闇で塗り潰したような顔で。
缶の口からは、だらだらと液体がこぼれている。黒い、黒い、墨汁みたいな液が。
闇そのものが。

——こっちに来て。

きみは言う。唇らしきものも、きみにはないのに。

——寂しいよ。来て。

怖くてさ。
恐ろしくて仕方ないけど、悲しくてたまらなくなる。
行きたいよ。
そっちへ行ってやりたい。
きみのそばに。
きみを一人にしたくない。

――行っちゃだめだ。

――待って。行かないで。

なんで止める？

一人にしたくないし、一人でいたくもないんだ。わかるだろ。

だって、ここは――、

ここは、どこだ？

ああ……――。

チョコ。

マナト。

モグゾー。

いない。

誰も。

そうだ。自販機。

ない。

光が。

闇。

この圧倒的で、完全な暗闇。

　闇闇

闇闇闇闇闇闇闇闇闇闇闇闇闇闇
闇闇闇闇闇闇闇闇闇闇闇闇闇闇
闇闇闇闇闇闇闇闇闇闇闇闇闇闇
闇闇闇闇闇闇闇闇闇闇闇闇闇闇
闇闇闇闇闇闇闇闇闇闇闇闇闇闇
闇闇闇闇闇闇闇闇闇闇闇闇闇闇
闇闇闇闇闇闇闇闇闇闇闇闇闇闇
闇闇闇闇闇闇闇闇闇闇闇闇闇闇
闇闇闇闇闇闇闇闇闇闇闇闇闇闇
闇闇闇闇闇闇闇闇闇闇闇闇闇闇
闇闇闇闇闇闇闇闇闇闇闇闇闇闇
闇闇闇闇闇闇闇闇闇闇闇闇闇闇
闇闇闇闇闇闇闇闇闇闇闇闇闇闇
闇闇闇闇闇闇闇闇闇闇闇闇闇闇
闇闇闇闇闇闇闇闇闇闇闇闇闇闇
闇闇闇闇闇闇闇闇闇闇闇闇闇闇
闇闇闇闇闇闇闇闇闇闇闇闇闇闇
闇闇闇闇闇闇闇闇闇闇闇闇闇闇
闇闇闇闇闇闇闇闇闇闇闇闇闇闇
闇闇闇闇闇闇闇闇闇闇闇闇闇闇
闇闇闇闇闇闇闇闇闇闇闇闇闇闇
闇闇闇闇闇闇闇闇闇闇闇闇闇闇
闇闇闇闇闇闇闇闇闇闇闇闇闇闇
闇闇闇闇闇闇闇闇闇闇闇闇闇闇
闇闇闇闇闇闇闇闇闇闇闇闇闇闇
闇闇闇闇闇闇闇闇闇闇闇闇闇闇
闇闇闇闇闇闇闇闇闇闇闇闇闇闇
闇闇闇闇闇闇闇闇闇闇闇闇闇闇
闇闇闇闇闇闇闇闇闇闇闇闇闇闇
闇闇闇闇闇闇闇闇闇闇闇闇闇闇
闇闇闇闇闇闇闇闇闇闇闇闇闇闇
闇闇闇闇闇闇闇闇闇闇闇闇闇闇
闇闇闇闇闇闇闇闇闇闇闇闇闇闇
闇闇闇闇闇闇闇闇闇闇闇闇闇闇
闇闇闇闇闇闇闇闇闇闇闇闇闇闇
闇闇闇闇闇闇闇闇闇闇闇闇闇闇
闇闇闇闇闇闇闇闇闇闇闇闇闇闇
闇闇闇闇闇闇闇闇闇闇闇闇闇闇
闇闇闇闇闇闇闇闇闇闇闇闇闇闇
闇闇闇闇闇闇闇闇闇闇闇闇闇闇

闇闇闇お闇闇闇闇闇闇闇闇闇闇闇闇闇闇闇闇闇闇闇闇闇闇闇闇れ闇闇おれ闇闇闇闇闇闇闇闇闇闇闇闇闇闇闇は闇闇闇闇闇闇闇闇闇闇闇闇闇闇おれは闇闇闇闇闇闇闇闇闇闇闇闇闇闇闇闇闇闇闇闇闇闇闇どこに……？

息をのむ、音がした。

真っ暗じゃない、とすぐにわかった。

屋内。そう。ここは野外じゃない。屋根の下だ。しかも、やわらかい。地面でも、床でもなく、布団か何かの上に寝ている。

身を起こそうとしたら、「ハル……!?」と名を呼ばれた。

「え、――メリイ……?」

メリイ。たしかにメリイだ。

どうやらハルヒロは寝台のようなものに横たわっていて、メリイはそのすぐ脇に椅子か何かを置いて座っていたらしい。メリイはその椅子を蹴倒しそうになりながら立ち上がり、ハルヒロに覆い被《かぶ》さってきた。いや、覆い被さってはいない。正確には。でも、メリイは覆い被さりかねない勢いでハルヒロの頭の横に左手を置いて体を支え、右手でハルヒロの頬や首をさわった。

メリイの髪がハルヒロの顔に落ちかかってきた。メリイのにおいがした。

たぶん夜で、暗いことは暗いけれど、窓があって、そこから光がいくらか射《さ》しこんでいて、おかげでメリイの顔がぼんやりと見えた。とくに、瞳が。視線は合わなかった。メリイはあちこちさわり、それから目で見て、確認しているようだった。ハルヒロがなんともないかどうか。大丈夫だよ、と言いたいのに、言えなかった。

ハルヒロはメリイから目を離せなかった。不純だと思うけれど、ずっとじゃなくていい、しばらくの間、あともうちょっとだけ、ふれられていたかった。手をのばせば抱きよせられる。そんなことを考えた。なんとなく、メリイは拒まないんじゃないか。馬鹿げたことが頭に浮かんで、心底情けなくなった。

「おれは大丈夫だよ、メリイ」

ハルヒロはそう言って、笑ってみた。果たして笑えているのか。自分ではわからなかったし、自信が持てなかった。いつもそうだ。

「……そう」

メリイは一つ息をついてから、体をもたげて寝台の端に腰かける姿勢になった。メリイの手もハルヒロから離れ、彼女の香りも薄らいだ。ほとんど感じないほどに。

残念なような、ほっとしたような。どちらでもあるような。

何にせよ、これでいい。これくらいがぎりぎり正常だ。仲間同士には適切な距離というものがあるはずだし。おそらく、命を預けあう、仲間だからこそ。

「……ごめん」

「どうして謝るの？」

「や、ほら、……何だろ。えっと、何がどうなって、こうなってるのか。……さっぱりだし。なんていうか、こんな状況に置かれてること自体、おれのせいっていうか」

メリイは無言で首を振った。ハルヒロだっていいかげんわかっている。自分が悪い。判断を間違った。そうだとしても、仲間たちはハルヒロを一方的に責めたりしない。頭では理解しているのに、同じことを何回繰り返せば気がすむのか。

謝罪なんかしている場合じゃない。訊《き》かないといけないことはたくさんある。なぜ何も言えないのだろう。

メリイも押し黙っている。

沈黙が痛い。主に、胸というか、腹というか、胃のあたりが。じくじくと、痛い。

やがてメリイが鼻を啜《すす》りはじめた。

ハルヒロはぎょっとした。

「……メリイ？」

「ごめんなさい」

メリイは左手で顔を覆った。目の周りを押さえて、涙をこらえようとしているのかもしれない。

「いや、……そんな。でも――」

「なんでもないの。ただ、……気が、ゆるんだだけで」

「そっ、……か。それなら、まあ……」

「ばか」

メリイはハルヒロの胸をぽんと叩《たた》いて、くすっと笑った。

その右手が、離れようとして、離れない。ハルヒロの胸の上に、そっと置かれている。

「……違う。馬鹿なのは、わたしのほう」

「へ？」

「気にしないで。わたし、たぶん、意味のないことを言ってる」

「そう、……なの？」

「わたしは賢くないから、そういうときもあるの」

「……賢くないなんてことは、ないと思うんだけど」

「見くびられるのが怖くて、隠そうとしてるだけ。でも、きっとばれてる」

メリイの右手に少し力が入っている。

ハルヒロは「ぁー……」と間の抜けた声を出した。こんなとき、気の利いたことが言えない自分が呪わしい。でも、こんなときって？　いったい今はどんなときなのか。

「メリイは」

何だというのか。メリイは？　何……？

ハルヒロは息を吸って、吐いた。言葉よ、出てこい。――出てきてくれ。

出てきて、……ください。

どうか。頼むよ。この際、どんな言葉でもいいから。

「かけがえのない、……存在、だよ。みんな、……うん。みんな、メリイに救われてる。おれ、……顔面とかさ、ひどいことになってただろ。治してくれたの、メリイだよね」

「わたしは、神官だから」

「……必要だよ、メリイは。その、……おれたちにとって。……絶対に」

「ハルこそ。あなたがいてくれないと、困る。……わたしたち、全員」

「全員、……うん」

「だから、……」

「……だから？」

「よかった。ハル。あなたが、……いてくれて。あなたに、会えて」

「いや、おれのほうこそ、……言いたいっていうか……」

「何を？」

「えっ。……ああ、えっと、……その、メリイに会えて、よかったな、……って──」

何だ、これ。

この会話。

出会えたことをお互い感謝している。それ自体はこれっぽっちもおかしくない。事実だし。感謝、してるよ？　でも、なんだか、そういうのとは違うような……？　あれ？

違わない？

勝手に深読みしているだけだったりして？　深読み？　どんなふうに？

あれれれれ？　よくわからなくなってきちゃいましたよ……？

「なっ」と、自分で発声しておいて、何を言おうとしていたのか、ハルヒロには見当もつかなかった。「……なっ。な。――な……？」

メリイが「な……？」と首をかしげた。

「な、……」

やばい。

頭の中が真っ白だ。暗いのに。そういえば、建物の中らしいのに、明かりの一つくらいないのか。建物。――建物？

「……な、……」

この建物はどこにあるのか。あの集落だろうか？　だとしたら、なぜ？　ハルヒロはべつに手や足を縛られたりしているわけではない。どうやら、メリイも同様だ。ハルヒロが意識を失ったあとに何があったのか。メリイはここにいる。シホルは？　ユメは？　クザクは？　セトラとエンバ、キイチは……？

「な……――」

この「な」。何度目だろう。

メリイが小さく噴きだして、ハルヒロの胸の上にのせたままだった手を引っこめた。

「何があったか、手短に説明する」

「……お、お願い。あ、そうだ、……起きてもいい？　かな？」

メリイはまた笑って、「どうぞ」と言った。

起き上がると、少し頭がふらついたものの、他に異状らしい異状はなかった。失神する前に顔を潰されたことを思えば、まあマシな状態だろう。

マシと言えば、メリイの様子からも想像がつくように、仲間は皆、無事だという。メリイは、ジェシーと名乗る男がハルヒロを人質にして仲間たちを屈服させ、このジェシーランドに連行した経緯について教えてくれた。でも、そのあと一箇所にまとめて監禁されるのかと思いきや、そうではなかった。メリイはハルヒロの付き添いを命じられたが、他の仲間たちも別々に行動させられている。さっき一度、シホルがジェシーと一緒に様子を見に来た。そのとき軽く話をして、セトラとエンバ、キイチだけは牢屋《ろうや》のようなところに閉じこめられていると聞かされた。ユメとクザクは仕事を割り振られたようだ。シホル自身はジェシーのお供をさせられ、ジェシーランドの実態を見聞きしているらしい。

「――シホルに、内情を明かしてるってこと？」

「ええ。シホルが言うには、そうみたい。何か隠しているかもしれないけど」

「わからないな……」

「そもそも、あの男はハルの背面打突《バックスタブ》をまともに食らったのに、平気だった」

「人間のようにしか見えないけど、そうじゃない。――グモォ、だっけ。オークが人間に産ませた……？」

「そのあたりは詳しく聞いてないから。でも、ようするに、諸王連合が人間族を打ち負かした戦争で、オークたちが……」

「えっと、うん、……なんか、気の毒な人たちなんだろうな。人じゃないか。いやだけど、人間の血を引いてるわけだから、……そうだよな、純血のオークよりは、おれたちに近いはずなんだよな」

「この建物の見張りも、緑色の外套《がいとう》を着たグモォなの。ここはグモォの村だから、あたりまえだけど。わりと、親切で。――そうだ」

　メリイは寝台から立ち上がった。壁際にテーブルのような台があるらしい。メリイはその上に載っていたものを抱えて戻ってきた。

「食べ物と、水。これもグモォが持ってきてくれた。わたしも食べてみたし、変なものは入ってないと思う」

「おっ……」

　途端に腹の虫が大声で鳴き、口の中に唾が湧いた。

「待って」と、メリイがふたたび寝台に腰を下ろした。「食べ物は包んであるから。今、開ける。これを、先に」

手渡された革製の水筒に口をつけて飲んだ。ぬるくて、かすかに酸味がある。腐っているような、いやなすっぱさではなくて、飲みやすい。つい、ごくごく飲んでしまった。

メリイが「はい」と、何か平べったいものを差しだしてきた。当然、手で受けとるべきだったのに、食欲のなせる技か、ハルヒロは首をのび上がらせて、メリイが持っているそれにかぶりついた。驚かせてしまったみたいで、メリイは「きゃっ」と声をあげた。謝るより先に、脳天が痺《しび》れた。

「うっ、まっ……」

「そ、そうなの！　おいしくて、これ」

「……生き返る」

「生きてるのに」

「そうなんだけど、ね……」

「まだあるから」

「あ、うん」

「はい」

なにげなく口を開けると、その平たい団子的な食べ物の残りが入ってきて、ちょっぴり戸惑ったがせっかくだし食べないわけにもいかない、というか食べたいし、——だからハルヒロは、それを咀嚼《そしゃく》して胃袋へと送りこんだ。やっぱり、うまい。単に腹が減っているから、というだけではなさそうだ。まず、もっちりした食感がいい。ほのかに香ばしくもある。いい。それから、中に何か入っている。挽肉《ひきにく》に香味野菜だの何だのを加えて甘塩《あまじよ》っぱく味つけした。そんな感じの餡《あん》のようなものが。これがまた、うまい。文明的な味がする。しばらく、ろくなものを食べていなかったし。いや、そうでなくても、これはうまいだろう。飽きのこない味だ。ついでに言えば、懐かしい味でもある。ソウルフード的な。何のソウルなフードなのか。よくわからないけれど、すばらしい。

「もう一つ？」

勧められたら、断れるわけがない。否。メリイに勧められなくても、二個目が欲しい。是が非でも。二個でも三個でも、あるだけ食べたい。

「……ください」

「あーん」

「はい。あー……」

ん？

ハルヒロは大口を開けたまま、メリイの目を見つめた。

視線と視線がぶつかった。

「はっ……」と、メリイは横を向いた。「……ご、ごめんなさい。流れで、なんとなく。と、とりたてて、その、……ふ、深い意味はっ……」

「う、うん」ハルヒロはうつむき、指でむやみに眉をこすった。「わ、わかってる」

「……どうぞ」

おずおずと差しだされた平たい団子的なものをかじる。うまい。沁《し》みるわあ、これ。味わいがやさしい。何にでも合いそうだし。こういうものを常食している人たちとは、たとえ種族が違っても仲よくなれそうな気がする。むろん、あくまでそんな気がするだけだ。この食べ物の味を判断材料にしたりはしない。悪印象を持つのは難しいけれど。二個目、もう食べちゃったし。

「このへんで、やめとこう、……かな？　いきなり食べたいだけ食べたりしたら、体のほうがびっくりしちゃうかもしれないし」

メリイはふっと笑った。

「ハルらしい」

「え、そう？　どこが？」

「冷静に、自分をコントロールしようとするところ。見習わなきゃって、いつも思う」

「そんな、たいそうなものじゃない、……よ？　や、ほんとに」

「謙虚なところも」

「……んー」

ハルヒロは体のあちこちを搔《か》いた。

褒められるのは苦手だ。うれしくないわけではなくて、単純に気恥ずかしいし、増長したくない。――そりゃあね？　有頂天にもなるって。メリイに面と向かって褒めちぎられたりしたら。だから、やめて欲しいんだけど。あまり喜びたくない。いいことがあると、不安になるのだ。楽あれば苦あり。上り坂があれば下り坂がある。禍福はあざなえる縄のごとし、とも言うわけだし。

「メリイ」

「はい？」

「なんか……」

この建物の窓はやや高い位置にあって、木戸は開けられ、支え棒が掛かっている。外は静かだった。ついさっきまでは。

ト、ト、ト、ト、ト、ト、ト、ト、ト、ト、ト、ト、ト、ト、ト、ト、ト……。

そんな音が聞こえた。嘘《うそ》だろ、と思った。心情的には信じたくなかったが、ハルヒロの体は素早く反応した。

飛び跳ねるようにして寝台の上に立ち、窓から外を見ようとする。だめか。暗くて、よくわからない。でも、あの、ト、ト、ト、ト、ト、ト、ト、ト、……という特徴的な音は、まだ遠くで鳴りつづけている。

「ドラミングだ。……レッドバック。グォレラの」

「まさか――」とメリイが絶句した。

気持ちはわかる。ハルヒロもまったく同じ心境だ。

グヴォレラは異様に執念深い。ハルヒロたちは群れのリーダーであるオスのレッドバックをしとめた。それなのに、やつらはなおも追いかけてきた。どうやら例外的な群れで、レッドバックが複数いるらしい。やむなく崖から命がけのダイヴを敢行して、なんとか振りきった。そのはずだった。

ドラミングだけじゃない。他の音も聞こえてきた。叫び声。意味はわからない。グモォの言葉か。光が行き交っている。松明《たいまつ》らしい。

出入口の戸が開き、室内が明るくなった。

「メリイ！　ハルヒロくん……!?」

シホルだった。戸口から二人の名を呼んだシホルの後ろに、金髪の男が松明を持って立っている。ジェシー。

「起きたか。ちょうどいい。きみらに手を貸してもらうことになりそうだ」

ジェシーは淡々と言った。まるで肩に力が入っていない口調。表情も穏やかだ。

ハルヒロは部屋の隅にまとめてあった錐状短剣《スティレット》や護拳付きナイフといった武器や外套を身につけ、メリイとともに建物を出た。足許《あしもと》がややおぼつかないが、動いていればそのうち平気になるだろう。腹ごしらえをしておいてよかった。

村は存外、落ちついている。住民たちが泡を食って家々から飛びだし、そこらを逃げ惑う、といったようなことは起こっていない。

「彼らには家から出るなと命じてある」と、ジェシーが歩きながら語った。「今のところは言うとおりにしてるようだな。ちなみに、おれと同じ外套を着せているグモォたちは別だ。おれは彼らをレンジャー部隊と呼んでる。手足みたいなものかな。オルタナの義勇兵にひけをとらない程度には優秀だよ」

ハルヒロたちがいた建物は、集落の外側に近い位置にあったらしい。程なく周りに建物がなくなった。道の両側はもう畑だ。遠くにいくつも火が灯《とも》っている。大きくはなさそうだが、櫓《やぐら》のようなものがあるらしい。

「何人いるんですか？　その、……レンジャーは？」

「二十四人」とジェシーは答えた。

ジェシーが先頭で、その後ろにハルヒロ、シホルとメリイは並んで最後尾を歩いている。ト、ト、ト、ト、ト、ト、ト……。ト、ト、ト、ト、ト……。ト、ト、ト、ト、ト、ト、ト、ト、ト、ト……。ドラミングの音はやまない。あっちからも、こっちからも聞こえる。

「……被害は？」

「まだ――」ジェシーは首を横に振った。「わからない。今のところはな」

自分たちのせい、なのだろうか。

ハルヒロたちがこのジェシーランドにグォレラを連れてきてしまった。それはそうなのかもしれないが、ジェシーにも責任はある。ハルヒロたちを追い払うことも、皆殺しにしてしまうことさえ、ジェシーにはできた。理由はいまいちわからないが、そうしなかった。その結果、こうなった。だから、自業自得だ、という言い方もできるだろう。

ジェシーは細道に入った。その先に小屋がぽつんと建っている。

小屋の前で何者かが「ああぁっ！」と大声を出し、松明を振りまわした。

「ハルくんやんかあ！　シホルぅ！　メリイちゃんも……！」

「ユメ……！」

小屋のところには、ユメの他にもう一人、外套を身にまとったグモォのレンジャーがいた。ジェシーが「トゥオキだ」とハルヒロたちに紹介すると、その紫色の顔をしたレンジャーは顎を引くように会釈をしてみせた。

「あ、どうも。……ハルヒロです」

「とぅおきんはなあ、なかなかできる子ぉやからなあ！」

ユメに背中をばしばし叩《たた》かれて、トゥオキは軽く咳《せ》きこんだ。

「……ユメ、その人と仲よしなの？」

「少ぉーしやけどなあ。まだ会ったばっかりやからなあ？　ゆうても、友だちにはなったかなあ。なあ、とぅおきん」

「ちょっと、困ってるようにも……」

シホルに指摘されると、ユメは「にゅえぇっ!?」と目を瞠《みは》り、トゥオキの前に回りこんで彼の顔をじろじろ見た。

「とぅおきん、困ってるん？　友だちはまだ早いんかなあ……？」

「……ウァ」

「ユメ……」メリイが頭を振る。「……たぶん、言葉が通じてないんじゃ」

「ぬぉうっ、そっかあ！」ユメはジェシーの脇腹をちょんと突《つっ》いた。「じぇっしー、そしたらなあ、今の、ユメの言ったのなあ、ちょいっと通訳して！」

「うん、……いや、それどころじゃないんだけどな……」

「ふあぅっ、そやったあ！　ハルくん、七大事やあ！」

「一大事、ね。シチじゃなくて、イチ……」

まあ、七のほうがすごそうではあるし、ユメだし、もうそれでいいんじゃないかという気がしてくるけれど、本当にそれどころじゃない。小屋は倉庫か休憩所か何からしいが、外壁に梯子《はしご》が据えつけてあり、屋根の上には簡素な櫓が組まれていた。ジェシーはトゥオキとハルヒロに同行するように言って櫓に上がった。櫓の上は狭かった。三人か四人で一杯だろう。二階よりちょっと高い程度だが、遮蔽物がないので、遠くまで見渡せる。

「ア、アァ……」

ハルヒロたちが今いるこの櫓をのぞいて、篝火《かがりび》か何かが焚《た》かれている櫓は、ぜんぶで八つある。ジェシーランド外周の東西南北と、北東、南東、南西、北西に一つずつ、といったような配置だろうか。

「北はあっちだ」とジェシーが指し示して教えてくれた。やはり、ハルヒロが考えたとおり、八方向に櫓を置いているようだ。
ト、ト、ト、ト、ト、ト、ト、ト、ト……。ト、ト、ト、ト、ト、ト、ト、ト、ト、ト……。ト、ト、ト、ト、ト、ト、ト、ト、ト、ト……。
耳を澄ましてよく聞くと、グォレラのドラミングは三方で鳴っている。北と西、それから、南西か。

「こいつは異常事態だな」と、ジェシーは肩をすくめた。「グォレラの群れで、ドラミングをするのはレッドバックだけだ。正確には、しないこともないが、レッドバック以外のオスがドラミングをしたらレッドバックへの挑発行為と見なされる。普通は群れのメスも若いオスもレッドバックに荷担して、ドラミングをしたオスが袋叩《ふくろだた》きにされるはずだ」

「……おれも、そう聞いてます」

「あの里の女から？」

「セトラのことですよね。はい、そうです。おれたち、ダルングガルっていう、グリムガルとは別の世界にいて――」

「そのあたりはシホルがざっと話してくれた。火竜の山か。おもしろいな。ダルングガルでウンジョーに会ったんだって？」

「お知り合い、……なんですか」

「いや。知らない。おれはね」

「……は？」

「ジェシー！」と、トゥオキが叫んだ。彼は北東のほうを見ている。

そっちに目をやると、櫓の篝火が一つ、消えていた。

「おいおい」ジェシーは鼻から息を吐いた。「ドラミングは陽動か？　すごいな」

たしかに、すごい。グォレラたちはドラミングで自らの存在を誇示し、ここにいる、これから攻めるぞ、と威嚇した。そうしておきながら、こちらの裏をかいて別方向から襲いかかってきたのだ。

「……や、だけど、感心してる場合じゃないような」

「もっともだ。トゥオキ」

ジェシーはトゥオキに何か指示を出した。トゥオキはうなずき、急いで梯子を下りてゆく。北東から来るグォレラたちを迎え撃ちに行くのだろう。

残り七つの篝火は健在だ。ドラミングはまだ続いている。

「きっとあれ、本命じゃない、……ですよね」

「ハルヒロ。きみなら、先鋒《せんぽう》部隊にどんな役目を担わせる？」

「……ただ軽く牽制《けんせい》させるよりは、行けるだけ行かせるかもしれません。そうだな、生きのいい、……グォレラだったら、血気盛んな若いオスたちに突撃させる、かな」

「おれも同意見だ。きみとは気が合うみたいだな」

「それはどうですかね……」

「とりあえず、気が合うってことにしておかないか？」

「べつに脅さなくても、やれるだけのことはやりますよ。望んでそうしたわけじゃありませんけど、グォレラをここに連れてきちゃったのは、おれたちだし」

「本当に賢い群れだよな。きみらがそのうち人里に向かうと見越して、言わば泳がせてたんだ。きみらはレッドバックを一頭殺してる。あのドラミング。たぶん、レッドバックが複数いる。大ボスみたいなのが、いくつかの群れを合わせて率いてるんだろうな」

「……クザクは？」

「あの大きい子かい。もうすぐ来るんじゃないかな。連れてくるように言ってある」

「セトラと、エンバは」

「里の人間は個人的に信用してないんだ」

「使えます。キイチも」

「キイチってのはあのニャアか。考えておこう」

「レンジャー以外の、村の人たちは、……戦えないんですか」

「少なくとも、戦い方を教えたことはない。彼らはまったく善良な生き物でね。武器を持っているのはレンジャーだけだ。ナイフくらいはどの家にもあるかな。あとは農具」

「……何なんですか、ここ」

「ジェシーランド」と、ジェシーは、場違いとしか思えない、満足そうな笑みを浮かべて言った。「おれがプレイしてるゲームのフィールドだよ」

「ゲーム……？」

いつだったか、マナトがこぼした。まるでゲームみたいだ、と。でも、ジェシーが口にしたゲームという単語は、同じ言葉なのに意味合いが少々異なっているように感じられた。いや、少々どころか、ぜんぜん違う。

「きみはどこか冷めてるな、ハルヒロ」

「……そう見えますかね」

「見えるね。どんな人生も、所詮はゲームみたいなものだろ。きみならわかるよな？」

「あなたとは、気が合わないのかも」

「いや。きみがそう思うのは、まだ何も知らないからだ。知れば、おれの言っていることがよくわかる」

「何を知ったって、変わりませんよ。ゲームじゃ、……遊びじゃない」

ハルヒロはジェシーを睨《にら》みつけはしなかった。感情は昂《たか》ぶっている。きっと頭にきているのだろう。ただ、声高に主張したからといって正しさが証明できるというものではないだろうし、ジェシーを論破したいわけでも、説得したいわけでもない。

意味などなくても、言わずにはいられないだけだ。

ハルヒロは一度、息をついた。

「おれたちは死んじゃったらそこで終わりだし、何もかも失う。ちっぽけで、むなしいなって、思うこともあります。めんどくさいし、つらかったりもするし、もういいんじゃないかって。だけど、そんなおれでも、生きててよかったって、たまに感じたりするわけだし。泣いたり、笑ったり、できるんだし」

「だから、命は大切だって？」

「大切だとか、大切じゃないとか、命の価値とか、よくわからないです。どっちにしても、今ここにあるものを手放したくないって思えるかぎりは、しがみつくしかないんで。そうしてきたら、いつの間にかいろんなものに囲まれてて、もう簡単には捨てられない」

「実際、捨ててしまえば、意外とたやすかったりするんだがな」

「そういうものなんですかね。けど、あなただって、この村は惜しいでしょ」

「せっかくここまで育てた我がジェシーランドの村人たちがグォレラどもに皆殺しにされたら、多少は胸が痛むかな」

「なるべくそうならないように、できるだけのことはします。……全員に、防戦の準備だけはさせたほうがいいですよ」

「そうしよう」ジェシーは左の眉を吊《つ》り上げた。「まだゲームオーバーじゃない」

間もなく女性のレンジャーに連れられてクザクが小屋に到着した。北の櫓《やぐら》の篝火が消えたのはそのあとだった。

この小屋は集落から北に二百メートルほど行ったところにある。北の櫓まではここから一キロかそこらだ。

「ハルヒロ、行ってくれ」

ジェシーは当面、小屋から動くつもりはないらしい。ハルヒロがうなずくと、ジェシーはクザクを連れてきた女レンジャーに何か指示を出した。おそらく、ハルヒロたちに同行して見張れ、といったようなことだろう。

梯子を下りると、クザクが「――っす！」と拳を突きだしてきたので、ハルヒロは自分の拳を軽くぶつけた。

「やっぱハルヒロが一緒だと落ちつくわぁ。つか、ハルヒロが一緒にいてくれないと俺、心《こころもと》許ないっていうか、つらいっすわ」

「……ちょっと、微妙に気持ち悪いんだけど」

「えぇっ、そういうこと言う!?」

「や、嘘《うそ》だって。ああ、でも、嘘ではないかな……」

「ひっでぇ。けど、わりとうれしいかなぁ」

「え、なんで？」

「なんかさ、前より俺への当たりが若干きついでしょ。そういうのって、いいじゃないっすか」

「……ドM？」とシホルが呟《つぶや》いた。

「んなことはないっすよ！」クザクは即座に否定したが、首をひねった。「――あぁ。でも、俺、Sではないかなぁ。なんか違うよな。ドMではないと思うんだけど、SかMかで言ったら、まぁ、Mか……？」

「ユメはLやなあ。Fかなあ？」

「えふ……？」メリイは顔をしかめて、真剣に考えこんでいるようだ。

小屋の屋上、櫓の上で、ジェシーが苦笑している。

「ウォラァ！」と、女レンジャーがクザクの尻を叩《たた》いた。

「おゎ、はいっ！」クザクはハルヒロの背中を押した。「ハルヒロ、行こ！　ヤンニサン、いい人なんだけど、怒らすとおっかないんで！」

ヤンニという名らしい、クリーム色っぽい顔をした女レンジャーが「ワオゥフ！」と怒鳴った。クザクが言うとおり、怖そうなグモォだ。

「よし、行こう。——松明《たいまつ》を持ってると的になりそうだから、クザク、頼む。先頭に。一番後ろはユメ、お願い。メリイはシホルを。長丁場になるかもしれないから、シホルはとりあえず抑え気味で。おれはクザクの後ろにつく」

「うっす！」

「ほにゃっ！」

「ええ！」

「……はい！」

出発すると、ヤンニは早足でハルヒロを追い抜き、クザクの隣に進みでた。パーティの盾役《タンク》で重装備のクザクと違って、ヤンニは鎧兜《よろいかぶと》で身を固めているわけではない。最前列は危険なんじゃないの？　お目付役なのだろうし、後ろにいてくれればいいのに。でも、そんなことを言ったら、なんとなくキレられそうだ。それ以前に、言葉が通じないし。

ハルヒロは畑を突っ切ってゆくつもりだったのだが、ヤンニは道を進んで、クザクが自分から離れると「ウォラァッ！」と叱りつけた。畑は歩きづらいし、ヤンニはジェシーランドの地理を把握しているだろう。ハルヒロは経路《ルート》の選択を彼女に任せることにした。
ト、ト、ト、ト、ト、ト、ト、ト、ト、ト、ト、ト、ト、ト……。ト、ト、ト、ト、ト、ト、ト、ト、ト、ト……。ト、ト、ト、ト、ト、ト、ト、ト……。ドラミングは東と西、そして南東のほうで鳴っている。最初はたしか、北、西、南西だった。

やがて「U・ho、U・ho、U・ho、U・ho、U・ho、U・ho……！」というグォレラの鳴き声が聞こえてきた。たぶん、ハルヒロたちに気づいている。

「止まれ！　来るぞ、クザク……！」

「オケっす！」

ヤンニが「セェイネァ！」とクザクの手から松明を奪いとった。クザクはすぐさま大刀を抜く。なんか、妙に息が合ってないか、あの二人。ハルヒロも錐状短剣《スティレット》を構えた。一息ついて、肩や膝の力を抜く。

「Ho！　Ho！　Ho！　Ho！　Ho！　Ho！　Ho！　Ho……！」

「右、左、前っ！」とユメが叫んで、右方向に矢を放った。当たったのか。外したか。定かじゃない。

シホルが「……ダーク！」とエレメンタル・ダークを喚《よ》びだした。

「光よ、ルミアリスの加護のもとに、——光の護法《プロテクション》！」

メリイが呪文を唱えると、ハルヒロたちの左手首に光る六芒《ろくぼう》が浮かんだ。

これは違うな、とハルヒロは感じていた。はっきりした根拠があるわけじゃない。でも、レッドバックではないだろう。何度か襲われたから、わかる。若いオスだ。

「シホル、左に！」

「……はい！」

「来た」

まずは前からだ。グォレラ。やっぱり若いオスか。躍りかかってきたオスAを、クザクが盾で「――っらあっ！」と押し返す。相手がレッドバックでなければ、盾をしっかりと持ったクザクはそうそう力負けしない。次は、右。

「にゃんっ！」と、ユメはふたたび矢を放つなり弓を捨て、刀を抜き放った。突っこんできたオスBに二太刀浴びせて、素早く側面に回りこみ、「ちゃいちゃいちゃい……！」と刀を叩きこむ。ユメの斬撃は殻皮に防がれ、オスBにダメージを与えていない。ただ、片時も足を止めず、攻め手をゆるめないから、オスBはたじたじとなっている。そのうちオスBは持ちなおすだろうが、いざとなったらメリイがユメに加勢するだろう。いや、そうなる前に、片をつける。

左斜め前方から、オスCがムギ的な植物を薙《な》ぎ倒しつつ疾駆してきた。同じオスでもレッドバックよりは小柄だろうし、直立せずに拳をついてナックルウォークしているので、そんなに大きくは見えない。そうはいっても、やつの体当たりをハルヒロがもろに食らったら、ただではすまないどころか、悪くすると死ぬ。クザクみたいに頑丈ではないのだ。真っ向勝負を挑むつもりはさらさらない。

だからハルヒロは、左方向に走りだした。

オスCはフンガァと咆《ほ》え、ハルヒロに食らいついてこようとする。

「行って……！」と、シホルがダークを放った。

　シュヴヲォォオオオォォォン。異音を発しながら飛んでゆくダークを、オスＣは躱《かわ》せなかった。ぶちあたる。オスＣは悲鳴をあげてゾォンッと痙攣《けいれん》。待ってました。狙いどおりだ。ハルヒロはオスＣに飛びかかり、左腕をやつの首に絡ませる。後頭部から背にかけて密生している毛角が刺さって痛いけれど、これはもうしょうがない。かまわず、右手で逆手に握った錐状短剣《スティレット》をオスＣの右目に突き入れる。深く。深く。入るところまで。抜き、角度を少し変えて刺す。抜き刺しする。八回もそれを繰り返すころには、オスＣはぐったりして動かなくなっている。

　ハルヒロはオスＣから離れて、オスＡとオスＢに視線を走らせた。クザクは盾と大刀でオスＡを打ちすえ、撥《は》ね返し、ヤンニも蹴りを入れたり、松明を叩きつけたりして、二人で互角以上に渡りあっている。まあ、グォレラが相手だと、それでも致命傷を与えるのは難しいのだが、あの二人がすぐに崩されることはなさそうだ。

　ユメはちょっと離れたところにいる。ぴょんぴょん跳びまわるようにして激しく動き、オスＢをシホルやメリイから引き離そうとしているようだ。メリイはヘッドスタッフを握りしめて、ユメを援護しに行くか、それともシホルに張りついたままでいるか、どちらが最善か見きわめようとしている。

　シホルがこっちを見た。さらにダークを出すべきかと目で訊《き》いている。

ハルヒロは首を横に振って、——隠形《ステルス》。

沈め。

地面の底まで一気に潜りこむようなイメージだ。

いい具合に、入った。

ハルヒロは頭を低くして進む。

ユメは相変わらず右へ左へ後ろへと動きながら、「けぇいっ！　んにゃ！　ほにゃっ、にょおっ！」と刀を振りつづけている。ユメの身のこなし自体は鈍っていないし、疲れも感じない。ただ、オスBが慣れてきたようだ。ユメがオスBを翻弄しているというより、オスBにユメが追いまわされているように見える。いつオスBがユメをつかまえてもおかしくない。

もちろん、そうはさせない、——とは思わないようにする。

ハルヒロはただ、やるべきことを淡々とやればいい。

どこか冷めている。

そういうところは実際、あるかもしれない。そうでなければいけないと思っている。

情動は知覚や身体操作に大きな影響を及ぼす。そのことをハルヒロは実感として知っている。感情が爆発的な力を呼び起こすこともあるが、多くの場合は逆だ。気持ちの揺れが負の方向に作用して間違いや失敗を招く。

「……ひゃいっ！」

ユメの刀がオスBの左腕で打ち払われた。刀が吹っ飛びそうになり、ユメは踏みこたえようとする。そのせいで、動きが止まってしまう。ユメは一瞬、動揺する。オスBはすかさずユメに詰め寄り、両腕で抱きこもうとした。

ハルヒロはその背中に組みついて、左腕をやつの首に巻きつけた。毛角がぐさぐさ刺さる。痛みはとくに感じない。ああ、刺さってるな、としか。痛がるのはあとでいい。

錐状短剣《スティレット》をやつの右目に突き刺す。やり方はさっきと同じだ。刺して抜く。刺して抜く。刺して抜く。刺して抜く。刺して抜く。刺して抜く。刺して抜く。

「ぬにょあっ……！」

ユメが両脚でオスBを押しのけた。そのままオスBがひっくり返ったら、ハルヒロは下敷きになってしまう。そうならないように飛び離れて、一度、肩をぐっと上げ、息を吐いて力を抜きながら下げた。同時に首もかくっと傾いてしまった。

自分は今、さぞかし眠そうな目をしているだろう。べつに眠たくはないんだけど。

「――ハ、ハルくん、ありがとおなあ！」

「いや……」と、曖昧に左手を上げてみせたら、ユメは目を瞠《みは》った。

「ち、ち、血ぃが！　だらだらしてるやんかあ！」

「大丈夫」

毛角が刺さって負傷してしまうことは織りこみずみだし、そんなにひどい怪我《けが》でもない。まあ痛いことは痛い、――胸やら腕やらがだんだん痛くなってきたが、戦闘に支障が出るほどではないし、これくらいなら我慢しても問題ないだろう。あとでメリイに治してもらえばいいだけの話だ。

「ユメはシホルとメリイのところに戻って。新手が来るかもしれないし」

「う、うん！　ハルくんは？」

「グォレラはおれがやるのが手っとり早いみたい」

息を吸って、吐く。――沈め。

隠形《ステルス》。

何かコツのようなものでもつかんだのだろうか。以前よりもすんなり入れる。

上達って、不思議なもので、坂道を上るのとは違ったりするんだよな。じわじわ少しずつ上がってゆくというよりは、階段みたいで。日々習熟しているはずだし、いろいろと工夫を凝らしたりもしているのに、どうも代わり映えしない。そんな時期がしばらく続き、じりじりして、それでも堪え忍んでいると、あるとき急に一段上がる。ずっとできなくてもどかしかったことが、突然できるようになったりする。

一段上がったのだろうか。仮にそうだとしても、調子に乗ったりしないで、気を抜かないことだ。

クザクは盾受《ブロック》でオスAの攻撃を防ぎつつ、ときおり盾打《バッシュ》や強突《スラスト》で反撃している。ヤンニはクザクを肉の盾にしながら、オスAを掻《か》き乱すことに専念しているようだ。とても即席とは思えない、見れば見るほどいいコンビネーションだが、やはり決め手に欠ける。クザクの膂力《りょりょく》ならグォレラの殻皮を大刀でぶち破ることも不可能ではないだろうが、よほど勢いをつけて突き刺すか、思いきり叩《たた》きつけるかしないとだめだ。そのためには、まずグォレラの動きを封じないといけない。それが難しければ、せめて体勢を崩す必要がある。

クザクの戦い方は堅実だ。少しでも多くの敵を引きつけ、攻めさせて、そのすべてを撥ね返し、仲間を守る。盾役《タンク》という役割を果たすことに全力を傾けている。

それ自体はもちろん、悪いことじゃない。むしろ、立派だ。よくぞここまで成長してくれた。手放しで褒めてやりたいところだ。でも、――と、ハルヒロは思う。

正直、物足りない。

あえて言えば、モグゾーは盾役《タンク》をこなしながら、勝敗の行方を決定づける力も持っていた。モグゾーは戦士で、クザクはより守備的な聖騎士だ。その違いがあるとはいえ、クザクにはモグゾーをしのぐ上背と、長い手足、人並み外れた筋力が備わっている。

もっとやれるはずだ。防御が盤石に近い域に達しつつあるからこそ、攻撃が生きてくる。クザクの性格からして、よりいっそうパーティに貢献したいと望んでいるだろう。意欲に加えて、クザクには能力がある。

クザクは愚直なまでに一本気だ。そうした部分は長所ではある。ただ、この道を進むと決めたら、脇目も振らず猪突猛進《ちょとつもうしん》してしまう。ハルヒロはリーダーなのだから、手綱を握ってあっちへ、こっちへと、クザクを導かなければいけない。クザクが停滞するとしたらハルヒロのせいだ。おこがましいような気もするけれど、クザクを単なる盾役《タンク》以上の聖騎士に育てるのは、ハルヒロの責務なのではないか。

とはいえ、無理はよくないし、現時点ではそのままでいい。

——おれが、始末する。

意気込んではいない。そうするのが自然で、当然だと感じている。

ハルヒロは畑の中を進んでオスAの背後に回りこんだ。

オスAだけではなく、誰も、仲間たちさえ、ハルヒロに注意を払っていない。

だからオスAは、ハルヒロに気づいて身をひるがえしたのではなかった。

WeRuu・Ruu・Ruuuu・Ruu・Ruu・WeRuuuuuu……!

聞いたことのない音が響き渡った。たぶん、それほど遠くない。数十メートルということはないだろうが、せいぜい百メートルとか、そのくらいの距離から発せられた音だ。タイミングからして、間違いなくオスAはその音を耳にした瞬間、急反転して、——ハルヒロとばっちり目が合った。

さすがにうろたえそうになった。いくらなんでも、これは予想できない。

でもまあ、たまにこういうことも起こるのが人生だ。なんとか一撃で殺されないようにすれば、一人きりじゃない、仲間がいるわけだし、切り抜けられるだろう。

ハルヒロは腰を落として待ち構える態勢を整えた。さあ、来い。

ところが、オスAはハルヒロに向かってこなかった。ハルヒロの脇、といってもすぐ横でもなく、やや離れたところを全速力のナックルウォークで駆け抜けていった。この場合は、ウォークじゃなくて、ラン、ということになるのだろうか。まあ、使い分けるのが面倒だから、ウォークでいいか。ついそんなことを考えてしまった。まったく脅威を感じなかったのだ。オスAはハルヒロには目もくれずに退散した。たぶん、さっきの音はグォレラの鳴き声で、撤退の合図だったのだろう。

「……逃げ、られた？」クザクが肩で息をしながら呟《つぶや》いた。「——んすかね……？」

ヤンニは松明《たいまつ》を持つ手をゆっくり動かしつつ、きょろきょろしている。

WeRuu・Ruu・Ruuuu・Ruu・Ruu・WeRuuuuuu……！

またあの声だ。

ハルヒロはちょっと考えてから、メリイに傷を癒やしてもらい、北の櫓《やぐら》まで行ってみることにした。もちろん、警戒を怠りはしなかったが、敵と出くわすことはないだろう。高をくくっているわけじゃない。物事には流れというものがある。グォレラたちは退《ひ》いた。すぐには攻めてこないだろう。

櫓といっても跳び乗ることができる程度の高さで、屋根もなく、単なる台のようなものだった。北の櫓は無残に倒壊し、篝火《かがりび》の組脚や籠も破壊されて、付近に転がっていた。消えきらず、くすぶる薪のそばに、一人のレンジャーがうつぶせに倒れていた。メリイが駆けよってレンジャーを起こそうとしたが、途中でやめ、肩を落とした。代わりにヤンニがレンジャーを仰向《あおむ》けにした。そのレンジャーには顔がなかった。いきなりグォレラに襲われ、顔面を噛《か》みちぎられたのだろう。当然、レンジャーは事切れていた。

例のＷｅＲｕｕ・Ｒｕｕ・Ｒｕｕｕｕという鳴き声は都合五回、聞こえたあと、途絶えた。それからは、あちこちでドラミングが鳴ったり鳴らなかったりするようになった。

ジェシーのところに引き返すか、とどまるか、悩みどころだったが、ヤンニがレンジャーの亡骸《なきがら》から離れようとしなかった。彼女一人を残していくのは不安だし、戻ってきて欲しければ、おそらくジェシーが使いをよこすだろう。ハルヒロたちは北の櫓があった場所で敵の出方をうかがうことにした。

でもきっと、相手は動かない。これで終わりだとはこれっぽっちも思わないが、今夜のところはドラミングで脅すだけで、攻めよせてはこないだろう。なぜかハルヒロには確信に近いものがあった。

予想どおり、空が白みはじめるころにはドラミングもやみ、結局、グォレラの襲撃はあの一度きりだった。

日が昇って間もなく、ジェシーがふらりと一人でやってきて、顎鬚《あごひげ》をさわりながら「どう思う？」とハルヒロに訊《き》いた。

「また来るでしょうね」

そうではないといいのだが、そう答えざるをえなかった。具体的な証拠があるわけではないので、断定するのはどうなのか。言ってみれば直感でしかない。しかし、ハルヒロの脳裏には、三頭から四頭のレッドバックを従え、五十頭以上の大規模な群れを率いる一頭のグォレラの姿が浮かんでいた。レッドバックの中のレッドバック。並外れた巨軀《きょく》を誇り、力も強いが、それ以上にやつは目端が利き、老獪《ろうかい》だ。やつはこの狩りを楽しんでいる。懸命に逃げるハルヒロたちを追って、ジェシーランドという狩り場を見いだした喜びに打ち震えているが、自分自身を焦《じ》らすように手下どもを一休みさせることにした。

ぜんぶハルヒロの妄想でしかないのなら、かえってそっちのほうがいい。獲物が思ったより手強《てごわ》く、数も多いと見て、グォレラたちは逃げていった。そうであって欲しいと祈っているくらいだ。

「デンコ」と、ジェシーはレンジャーの遺体を見やった。「彼をふくめて、レンジャーを三人失った。二十一人のレンジャーとおれ、それから、きみたち、か」

「セトラたちを解放してくれませんか。戦力になります」

「里の者がジェシーランドのために戦ってくれるとは、どうしても思えないんだがな」

「それはセトラに限らない。おれたちだって同じことですよ」

「きみらはなんで逃げなかった？　ヤンニを殺すか拘束するかすれば、逃げられた」

「正直、考えもしませんでしたけど、セトラたちを置いていくことになりますよね。ちょっと、できないかな。あと、うちのクザクはヤンニさんと仲よくなったみたいだし」

「あのさ」とクザクが口を挟んだ。「言っとっけど、ヤンニサンとはそういう関係じゃないっすよ」

「……そんなふうには思ってないって」

「いや、ヤンニサンは、ああ見えてかわいいとこあるんだけどね？　ああ見えてっていうのも失礼か」

ヤンニがなんとなく察したのか、「アァッ!?」とクザクの腿《もも》に膝蹴りを入れた。

「あいたっ。ちょっと暴力はやめてよ、ヤンニサン。かわいくねーな！」

シホルが苦笑した。

「……本当に、仲がよさそう」

「ようは、コミュニケーション能力が高いのね、わたしと違って……」とかなんとか、メリイがぶつぶつ言っている。

「ユメもなあ、とぅおきんとは友だちになったけどなあ」ユメは片方のほっぺたを膨らませた。「じぇっしー、とぅおきんは怪我とかしてないのかなあ。平気なん？」

「トゥオキは無傷だよ」と、ジェシーは肩をすくめる。「彼はレンジャーのまとめ役なんだ。体は小さいが、機転が利く」

「ふぉうっ。とぅおきん、やっぱしできる子ぉやねんなあ。やればできるしなあ」

「ちなみに、おれがトゥオキの次に信頼しているレンジャーはヤンニだ」

「……強いもんね」とこぼしたクザクの尻を、すかさずヤンニが「ンナラァッ！」と足蹴にした。クザクは鎧《よろい》を着ているが、あれはけっこう痛そうだ。

「あ、それと、住民の人たちを――」

ハルヒロは言いかけて、南のほうに視線を向けた。何か聞こえた、……わけではないと思う。ただ、気になった、としか言えない。

「……おれとしたことが」ジェシーが踵《きびす》を返した。「――ヤンニ！　アフタ・エワァ！」

ヤンニはデンコの遺体に目をやって、少し迷うそぶりを見せた。それでもすぐに「ヤァイ！」と応じて駆けだした。

「……ハルヒロくん!?」

シホルが叫んだ。ハルヒロは仲間たちに「行こう！」と声をかけ、ジェシーとヤンニを追った。

ジェシーは落ちついているみたいだが、ヤンニは慌てているようだ。たびたび足を速めようとして、ジェシーになだめられている。

「ヤンニサン……」クザクはよっぽどヤンニのことが気にかかるらしい。「――なぁ、ハルヒロ、ひょっとして……!?」

ハルヒロが、たぶん、と答える前に、ユメが「ぐぉれらんなん!?」と、わけのわからないような、わからなくもないようなことを言った。

「声とかしなくなって、ユメ、めっちょり安心しててんのになあ!」

「……それが、罠《わな》だったのかも」

シホルはおそらく、正しい。

「セトラ……!」とメリイが呼ばわった。

ハルヒロもセトラたちのことをまったく考えていなかったわけじゃない。でも、ちょっと意外だった。メリイに限らないが、仲間たちとセトラとの関係は良好とは言いがたい。

「ハル! セトラが牢《ろう》に閉じこめられているなら、逃げることもできない! 早く助けないと!」

「え、うん」

「きっと、ハルが来てくれるのを、セトラは待ってるはず!」

「そ、そうだね……」

何だろう。ハルヒロは胸を押さえた。このもやもやする感じ。メリイは何もおかしなことは言っていない。それなのに、――イラッときている、のか? でも、どうしてハルヒロがイラつかないといけないのだろう。いや、イラついているわけではないような気も。それじゃあ何だと訊かれたら、答えられないけど。

「……セトラなんか、どうでもよくね!?」と、なぜかクザクが声を荒らげた。

「どうでもよくはないでしょう！」すかさずメリイが反論する。

「いや、どうでもいいってのは言いすぎかもしれないけどさ！　そこまで優先順位高くなっていうかね、あの人、そもそも仲間じゃないし!?」

「何度も命を救われた！　それにセトラは、ハルのことが好きなんだから！」

「そんなのはあっちの都合じゃね!?　ハルヒロはしょうがなく、彼氏だか恋人だかのふりさせられてるだけなんだしさ！　彼氏も恋人も一緒だけど！」

「だからって、見捨てるの!?」

「そうは言ってないっすよ、俺はただ！」

「ただ、何!?」

「……いいよ、もう！　メリイサンと喧嘩《けんか》したいわけじゃないし！　つか、なんでそこまでセトラの肩持つのかな、わっかんねーな！」

「わたしだって……！」

それ以上、口論が続いたら、さすがにハルヒロも止めに入ったかもしれない。入らなかったかもしれない。やっぱり何も言えなかったかもしれない。どうだろう。わからない。

とにかく、収まってくれてよかった。胃が痛くなるって。なんでクザクとメリイがセトラを巡って言い争うのか。クザクの主張はまだ理解できるが、メリイがセトラに肩入れしている様子なのは、クザクじゃないけれど、ハルヒロとしても不可解だ。——もしかして、メリイ、おれとセトラが本当にくっつけばいいと思ってる？　そんなの、余計なお世話なんだけど……？

セトラを見捨てる気はないけどさ。

悲鳴とおぼしき声が聞こえる。集落まで、あと三百メートルくらいだろうか。どうなっているのか。何が起こっているのか。まだ見えないが、これはまずい。やばそうだ。ハルヒロはふと異常に気づいた。というよりも、自分が変だったことに、ようやく思いあたった。目が覚めて、メリイと二人きりで、なんだかちょっと浮かれていて。グォレラがやってきた段階で、もっと張りつめていてもよかったはずだ。冷静ではあった。むしろ、冷静すぎた。もともと入れこむタイプではないけれど、そうはいっても現実と自分自身との間に少し、微妙に、ズレのようなものがあったのではないか。グモォは人間とさして変わらない。そう思っていても、たぶんハルヒロは北の櫓で命を落としたレンジャーの亡骸を物体としてしか見ていなかった。同僚を亡くしたヤンニの悲しみにわずかでも共感しただろうか。ほとんど、いや、まったくしなかった。どこかリアルじゃない。それこそ、ゲームみたいに感じていた。——これはゲームなんかじゃないのに。

ハルヒロは戸をぶち破って家屋に突入する若いオスの姿を遠目に見た。家と家の間をナックルウォークで駆け抜けてゆくあの大柄なグォレラは、たぶんレッドバックだ。いったい何頭のグォレラが集落に入りこんでいるのか。

「ハルヒロ！」ジェシーが何か放ってよこした。「シュロ家の女を出してやれ！」

牢屋の鍵か。ハルヒロは「——はい！」とそれを受けとった。「場所は!?」

「シホルが知っているはずだ！　ヤンニ、ウォラァ！」

「ヤァイ！」

ジェシーはヤンニを連れて、ここからはハルヒロたちと別行動をとるつもりのようだ。

「あたしが……！」と、シホルが前に出ようとする。

「だめだ！」ハルヒロはシホルを制した。「——クザク、前を頼む！　シホルはおれの後ろについて、道を教えて！」

「うっす！」

「……はい！」

「ユメは周囲を警戒！　メリイはシホルとユメをカバーして……！」

「んにゃっ！」

「ええ、任せて……！」

「——ハルヒロくん、あっち……！」シホルが右前方を指さした。

ハルヒロは迷った。もうすぐ集落に入る。飛び交うグモォたちの悲鳴、怒号、それから、グォレラたちの咆哮《ほうこう》。道に何人ものグモォが倒れている。誰も彼も血みどろだ。腕や脚が引きちぎられ、顔を嚙《か》まれている。頭を握り潰されたグモォもいる。彼ら、彼女らの大半はもう動かない。おそらく息をしていない。大人だけじゃなくて、子供も交じっている。どうして家に入っていなかったのか。だめじゃないか。朝が来て、危機は去ったものと思いこんだのか。ジェシーはまだ、外に出ていいとは言い渡していなかったはずなのに。いや、――今、何人かのグモォたちが一軒の家から駆けだしてきた。そのあとから、グォレラも。あの一家はグォレラが家に入ってきたので、やむをえず外に逃げるしかなかった。そういうことなのか。だけど、逃げたって。ああ。ひどい。

一番小さな、人間でいったら五、六歳くらいのグモォが逃げ遅れて、グォレラにつかまった。あれは若いオスだ。

若いオスのグォレラはグモォの子供を押し倒すと、その頭部にかぶりついた。嚙み砕いて、食べるでもなく、ぺっと吐き捨てる。そうしてから片腕をねじ切って、それにむしゃぶりついた。

母親らしいグモォが奇声を発して若いオスに飛びかかろうとしたが、父親らしいグモォに羽交い締めにされた。

あの一家はどうなったのだろう。わからない。

ハルヒロたちは集落の外側から向かって右に回り、セトラが囚《とら》われている牢屋を目指さないといけなかった。あの一家を助けることはできなかったし、末路を見届ける余裕もない。自分の心が痛んでいるのかどうか、ハルヒロには判然としなかった。でも、もし痛んでいるのなら、一も二もなく救うべきだ。というより、救おうとするのではないか。所詮、グモォは人間じゃない。見てくれも悪いし、第一、関わりがないとは言わないまでも薄いし、非常事態だし、いちいち同情してなんかいられない。そう思うのと同時に、そんなことはないとも思った。憐《あわ》れみは感じている。でも、しょうがないじゃないか。どうしようもないんだから。

「あそこ……！」

シホルが指し示した建物は出入口の戸が壊されていて、しかも、屋根の上にグォレラが二頭もいた。小柄で、オスとは明らかに体つきが違う。あの二頭はメスだ。

「じょっ、冗談じゃねぇぞ……!?」クザクは怯《ひる》んで、声を上ずらせた。

「あいつらを引きつけろ！」ハルヒロはクザクの腕を叩《たた》いた。「おれは中を見てくる！」

「……やばいって、ハルヒロ！　無事とは思えないし！」

「いいから、やれ！　たしかめないと、わからないだろ！」ハルヒロは一つ息をついて、力を抜いた。「――みんなはクザクを援護して！　中に入るのは、とりあえずおれ一人でいい！　必要なら呼ぶ！」

「いや、呼ぶって言ってもさ……！」クザクは大刀を持った手で盾をガンガンガン叩きまくった。「くっそ！　おら、来いよ、メスグォレラども！　俺が相手してやる！　つっても、そっちの相手じゃないからな、言っとっけど……！」

どうやら二頭のメスはクザクに興味を持ったようだ。ハルヒロはその隙に、——沈む。

隠形《ステルス》。

この建物には窓がないらしい。あの出入口から入るしかなさそうだ。

ユメがメスたちめがけて矢を放ち、シホルがダークを飛ばした。

ハルヒロは出入口から建物の中に入りこんだ。

通路の左右に、格子で仕切られた部屋が三つある。右側手前の格子に体当たりをぶちかましているのはエンバだ。ニャアが金切り声で叫んでいる。

グォレラは「Ｇｏｏｏｏｈｈｈ！　Ｇａａａｈｈｈｈ！　Ｏｏｏｏｈｈｈｈ！」とものすごい声でわめきながら、右側奥の格子を両手で激しく揺さぶっていた。あの格子の向こうにセトラがいるのだろう。

格子は鉄と木を組み合わせたものらしいが、今にもグォレラに引き倒されてしまいそうだ。悪いことに、あのグォレラ、毛角が赤い。レッドバックだ。

逡巡《しゅんじゅん》するな。ハルヒロは錐状短剣《スティレット》を抜いて逆手に握った。レッドバックはハルヒロに気づいていない。このまま、行く。

足を進めようとした途端、レッドバックが格子をつかんだまま、こっちを向いた。

ハルヒロは息をのんだ。全身がこわばる。心臓が早鐘を打ちはじめ、鋭くうずいた。

奇妙な話かもしれないが、そのレッドバックは両目を細め、牙のような歯や歯茎を剝《む》きだしにして、——笑った。そう見えた。

察知された以上、やつをしとめることはできない。可能性はゼロだ。ハルヒロもそれはわかっていた。

逃げなければ、殺される。

そのとき、セトラのことは一ミリも頭になかった。結果的には、それがよかったということになるのだろう。

ハルヒロは即座に回れ右をした。レッドバックが跳ねるように走りだしたのと同時か、わずかにハルヒロのほうが早かったかもしれない。

出入口から出るなり、ハルヒロは左方向に横っ跳びした。すぐ後ろで何かが爆発するような衝撃を感じた。レッドバックが飛びだしてきたらしかった。

「——がっ……!?」

クザクがレッドバックに吹っ飛ばされたのか。

ハルヒロは転がって起き上がり、屋根の上を見た。メスのグォレラたちはまだ屋根から下りていない。ユメがそれほど遠くない場所にいる。

「ユメ、鍵……！　セトラたちを……！」

「──はいにゃっ！」

ユメはハルヒロが投げた鍵を受けとり、建物の出入口へと向かう。

「うおぉっ……」

クザク。何だ？

レッドバック。

クザクがレッドバックに振りまわされている。脚だ。

レッドバックはクザクの右脚をわしづかみにして、ぐるんぐるん回している。

「クザっ……！」

「Zaaaaaaaaahhhhhhh……！」

レッドバックがクザクを放り投げる。

おい。

おいって。

なんてことを。

クザクが飛んでゆく。

ゆるやかな放物線を描いて、十メートルどころか二十メートル以上も離れた家屋に突っこんだ。

「――メリイッ！」

ハルヒロは叫びながら、レッドバックめがけて突進しようとした。――それで？

どうする？　正面からぶつかっていって、勝てる相手か？

息を吸え。

吐け。

そうだ。そして、力を抜く。

膝をやわらかくしろ。肘も。手首、足首も。すべての関節を適度にゆるめろ。姿勢は少し前傾。これでいい。

唇を舐《な》める。

メリイはクザクのもとへと駆けている最中だ。

シホルは近くの建物の陰に身を隠してくれている。

ユメはすでに建物の中だ。

二頭のメスは相変わらず屋根の上。

レッドバックは殻皮に覆われた顔面をくしゃっとゆがめ、また笑った。

つられて、ハルヒロも少しだけ笑いそうになった。もちろん、おかしかったわけじゃない。そうじゃなくて。――こいつ。

馬鹿にしてるのか。

「……何なんだよ、おまえ」

「Ｏｈｈ」

レッドバックは口をすぼめてそんな声を出してみせた。完全におちょくっている。そうだとしても、腹を立ててやる義理はない。

もう一度、息をつく。レッドバックどころかメスでも倒すのは無理だが、どうにかして時間を稼がないといけない。ハルヒロにできることはきわめて少なそうだが、まあやるだけやってみよう。

どうせできることしかできないが、せめて百パーセントやりきるつもりでいたら、レッドバックがふいっと背を向けた。

「……は？」

とっさに、拍子抜けしてはいけない、と思った。気が抜けたところに一発かまされるかもしれない。

杞憂《きゆう》だった。

レッドバックはハルヒロに尻を向けて走り去り、ついでに二頭のメスもどこかに行ってしまった。

「わけがわからないんだけど……」

何はともあれ、助かった。今はそれが重要だ。切り替えろ。

隠れていたシホルが駆けよってきて、「今の……」とだけ言った。セトラとエンバ、キイチ、そしてユメも建物から出てきた。セトラはうつむいて、ふてくされているようだった。そう見えたが、違った。

「ハル。ありがとう。……それから、ユメも」

「あ、……ど、どういたしまして」

「にぇいっ！」と、ユメは片目をつぶり、右手の親指を立ててみせた。

全員でクザクとメリイのところへ急いだ。クザクは負傷したが、数箇所の骨折と打撲、裂傷だけで、メリイは光の奇跡《サクラメント》を使うまでもなく、癒し手《キュア》だけで治療を終えたらしい。

「いやぁ。たまに俺、自分の丈夫さに呆《あき》れるわ」

「悪いことじゃない」メリイはクザクを軽く睨《にら》んだ。「でも、過信しないで」

「……うっす。毎度、お手数かけます。すみません」

「べつに、……わたしの仕事だから」

「――で？」セトラはもういつもの調子をとりもどしたようだ。「ずらかるのか？」

ハルヒロはシホルと目を見あわせた。

どさくさに紛れて、ジェシーランドから脱出する。不可能ではない、――ような気がする。あるいは、そうするべきなのかもしれない。自分たちの利益というか、身の安全だけを考えるのなら、それがたぶん最善だ。

シホルは先に目を伏せた。とても決められない。シホルはきっと、そう思っている。意見を言えないことに申し訳なさを感じてもいるだろう。いいんだ。シホルはハルヒロの負担を減らそうとしてくれている。それだけで充分だ。本当に助かっている。

何のためにリーダーがいるのか。どんなときでも決断する。それがリーダーというもので、ハルヒロの役目なのだ。間違ってしまうかもしれない。後悔することになるかもしれない。それでも、分かれ道に行きあたったら、右か、左なのか、進む道を示す。

「グォレラを追い払わないと」

ハルヒロは錐状短剣《スティレット》を軽く握りなおし、細く息を吐いた。

横目で右前方を見る。

「どのみち、やつらを排除しなきゃ、逃げるに逃げられない」

「そりゃそうだ」

クザクは兜《かぶと》の中で、へっへっ、と笑ってから、「――っしゃ！」と気合いを入れた。

「気を引き締めていきましょう」メリイはヘッドスタッフを構えてシホルを背後に庇《かば》いながら、六芒《ろくぼう》を示す仕種《しぐさ》をした。「光よ、ルミアリスの加護のもとに、――光の護法《プロテクション》」

シホルは左手首に浮き上がった六芒にちらりと目をやって、うなずいた。

「一頭ずつ、……確実に！」

「まずは――」ユメは弓に矢をつがえ、射た。「あれからやあ……！」

ユメが放った矢は右前方、十五メートルほど先でグモォを貪り食っていたグォレラの若いオスに当たり、撥《は》ね返された。

「エンバ、手伝ってやれ」セトラはキイチを抱き上げ、人造人間に命じた。「やむをえまい。一蓮托生《いちれんたくしょう》だ」

若いオスが猛《たけ》りくるって猪突《ちょとつ》してくる。

一頭ずつ、確実に。単純なことだが、まったくシホルの言うとおりだ。グォレラはたしかに恐ろしい敵ではあるものの、一頭だけなら怖くない。クザク、ユメ、エンバが注意を引いて、ハルヒロが隠形《ステルス》で肉薄し、とどめを刺す、というやり方は、レッドバックにさえ通用するのだ。

だから、なるべく二頭以上を相手にしない。しょうがなく複数のグォレラとやりあわなければならなくなったら、シホルのダークで一頭の動きを止め、ハルヒロが素早く息の根を止める。その間、クザクたちが持ちこたえて、あとは一頭一頭、着実に減らしてゆけばいい。

五十頭いようが、百頭いようが、同じことだ。やつらは致命的な過ちを犯した。場所だ。集落に攻めこんできた。やつらは絶好の狩り場だと思ったのかもしれない。でも、こちらにしてみれば、建物を利用してやつらを分断できる。やつらは殺戮《さつりく》に酔い、また、食事に夢中だから、余計にやりやすい。

こうしている間にも、一人、また一人とグモォが殺されている。ハルヒロたちの目の前で、何人ものグモォが命を奪われた。現時点でどれくらい犠牲者が出ているのか。やつらには償わせてやる。殺す。殺してやる。──そんなふうには決して考えないようにした。心を乱してはならない。とにかく、一頭ずつ減らしてゆく。それだけに専念する。ミスをなくすことはできない。しかし、少なくすることはできる。いや、だけど。

ほぼ完璧なんじゃないか。

気がつけば、グォレラの毛角でどうしても傷を負うハルヒロ以外、メリイの世話になっていない。盾役《タンク》のクザクでさえ、エンバが加わったおかげで立ち回りに余裕が生まれ、光魔法で治してもらうような怪我《けが》をしなくなった。

ハルヒロは若いオスを十四頭、メスを三頭殺した。ジェシーも腕の立つレンジャーを率いてグォレラを各個撃破しているようで、何回かすれ違った。

もう外を歩いている住民はいない。生き残りの住民は皆、屋内にいるのだろう。グォレラはハルヒロたちの姿を目にすると、逃げてゆくようになった。

レッドバックを一頭もしとめていない。それどころか、見かけてもいない。その点は引っかかっていた。

「……いた。一頭」

そいつは道の真ん中でほとんど直立に近い姿勢をとり、こっちを見ていた。

ハルヒロと目が合うと、そのグォレラは口を大きく開けて舌を出し、「Ｗｕｅｅｈｈ」といったような声を発した。すぐにわかった。あのレッドバックだ。

「あいつをやる……！　クザク、行け！」

「――っすあ！」

クザクが鎧《よろい》をガシャガシャ鳴らしながら走りだすと、やつは左手の建物に悠然と入っていった。まるでここは自分の家だとでも言わんばかりのふてぶてしさだ。

クザクはちらっと振り返ったが、そのままやつを追いかけた。なぜ止めなかったのか。そうだ。止めないと。何かおかしい。やつは要注意なんだ。

「クザク、待っ――」

遅かった。今、入ったばかりの出入口から、噴きだされるようにクザクが転がり出てきた。間髪を容《い》れず、一頭のグォレラが躍りでてくる。グォレラだ。だけど何なんだ、あのグォレラ。体もでかいけれど、毛角が。長いというか、ボリュームがすごい。獅子《しし》の鬣《たてがみ》みたいだ。赤い。赤いなんてものじゃない。真っ赤だ。レッドバック。いや。今まで見たレッドバックと比べて、体軀《たいく》は一・五倍、毛角は倍ほどもある。見るからにただのレッドバックじゃない。あれか。レッドバックの中のレッドバック。あれがそうなのか。

「ダーク……！」シホルはダークを喚《よ》びだすなり放った。「――行って……！」

大レッドバックは跳び上がってクザクを押し潰し、食らいつこうとしていた。

ダークはシュヴヲォォンと異音を響かせて飛んでゆき、大レッドバックの脇腹あたりを直撃する。大レッドバックは「Ｇｕｈｈ……」と呻いて一瞬、全身を震わせ、動きを止めた。ほんの一瞬だった。大レッドバックは両腕を振り上げ、「――Ｈａａａａａａａａａａａａａａｈｈｈｈｈｈｈｈｈｈ……！」と思いっきり振り下ろした。クザクもただやられているわけじゃない。盾で身を守ろうとはしていた。だけど守りきれるものなのか。ゴゴガンッ、グガンッ、ドガゴンッ、ズドンッ。大レッドバックはクザクの盾を太鼓か何かの打楽器と勘違いしているんじゃないか。そうとしか思えない。盾を両手で叩く。ぶっ叩きまくる。盾の上からでもあんな打撃を連続でお見舞いされたらきつい。連続じゃなくたって厳しい。ハルヒロなら一発でも耐えられない。「クザッ……クザクっ！」、叫んで、ハルヒロは大レッドバックに飛びつこうとする。――ヅゴンッ。片腕で撥ねのけられた。おそらくは。体がバラバラになったんじゃないかと錯覚するくらいの衝撃だった。とてつもない力だ。ハルヒロは大の字になっていた。「……ああああ」と声がもれる。痛いっていうか、ぜんぶの神経がほぐれちゃったような感じっていうか、随意運動が不能っていうか。だめだ。頭を冷やして、ちゃんとやれ。起きろ。起き上がれ。早く起きて、冷静になれ。――んなこと言ってる場合じゃないし。それが唯一の武器と言ってもいいくらいじゃないか。ユメが助け起こしてくれた。メリイがこっちに駆けよってこようとしている。「ハルくん……！」、クザク。――クザクは。

「U・Gaaaahhh・Gooooohhh!」、「O・Booooohhhh・Duaaaaahhhh……!」、「――ぬあっ!」、「があっ!」、「っ……!」、「ひぃあっ」、クザクが、やばい、大レッドバック、やりたい放題じゃないか、何なんだあいつ、やばすぎるだろ、ふざけろよ、聞いてないよ、だめだ、落ちつけ、落ちつけるかよ、動け、体、動かない、なんでだ、怖いのか? 怖い、怖いよ、そりゃあ怖いって、認めろ、受け容れるしかない、怖くても、――生きてるんだろ。できることはある。何が? 何ができるっていうんだ? メリイが「光よ、ルミアリスの加護のもとに、癒し手《キュア》……!」と怪我を治してくれる。自分がどんな怪我をしているのかも定かじゃないけど。考えろ。――と、エンバが大レッドバックに、組みついたんじゃない、飛び蹴りを食らわせたのでもなく、駆け上がる。大レッドバックの巨軀《きょく》の上を。あんなこともできるのか。そしてエンバは見事に大レッドバックへの登頂を成功させた。やつの頭にしがみつく。エンバは隻腕だが、両脚がある。ただし、ああやって密着すると当然、毛角がグザングザン突き刺さる。ハルヒロもちょっとくらいなら我慢できるが、あそこまではできない。人造人間は痛みを感じないみたいだし、平気なのか。大レッドバックも、これは煩わしかったらしい。クザクへの攻撃を中断して両腕を振りまわす。エンバを払いのけようとしている。ハルヒロはセトラを見た。セトラはすごい形相でキイチをきつく抱きしめている。シホルと視線が合う。シホルはうなずいた。「……ダーク!」

「──ユメ、クザクを助ける！　メリイ、治療の準備！」、「んにゃ！」、「はい！」、できる、やるんだ、チャンスはたぶん一度きり、タイミングを逃すな、大レッドバックがとうとうエンバをつかまえる。「エンバァッ……！」とセトラが叫ぶ。驚異的な握力だ。あっという間だった。肉が、骨が、装甲が、飛び散る。エンバが木っ端微塵《こっぱみじん》になったように見えた。その様をまのあたりにして、ひどいかもしれないが、確認できた。よし。冷静だ。シホルが「行って……！」とダークを放つ。単なるダークじゃない。練りに練って、練りこむように小さく、小さくしたダーク。極小の全開ダークだ。これでだめならもうしょうがない。今のおれたちの全力なんだ。行け、行け、行け、行ってくれ。大レッドバックは極小全開ダークに気づいていない。命中する。──シュッ、と大レッドバックの首筋のところに吸いこまれる。ハルヒロは「来い……！」と号令をかけた。走る。走る。走れ。「──Ｈａｈ……」、大レッドバックが息をのむ、「Ｋｏｈ……！」と妙な声を発する、「Ａｈ……！」とのけぞり、身悶《みもだ》える。「──Ｎａ・Ｇｏａａｈｈ……！」、よろめいて、クザクから離れる。ハルヒロは飛びこむようにしてクザクのもとへ。クザクは盾の下でぐったりしている。生きてるのか。生きてろよ。ハルヒロはクザクの両腋《りょうわき》に手を差しこんで、引っぱる。ユメも手を貸してくれる。「──メリイッ！」と呼ぶまでもない、メリイも来ている。「光よ、ルミアリスの加護のもとに！　光の奇跡《サクラメント》……！」、光よ、溢《あふ》れろ、クザクを照らせ、傷を治してくれ、頼む、──ハッとする。ハルヒロは振り返った。シホル。

一人だ。シホルが。シホルを一人にしてしまった。極小全開ダークを使って、かなり消耗している。あるいは、満足に動けないほど。それなのに。あいつもいるっていうのに。忘れていた？　ポカだ。大ポカだ。笑うレッドバック。いつの間に建物から出てきたのか。ハルヒロは、後ろ、と叫んで注意をうながしたかった。でも間に合いそうになくて、だって、やつはシホルの本当にすぐ近く、背後に迫っていて、――だから、もうだめだと、正直、あきらめてしまった。「――マリク・エム・パルク……！」、だから、……だから、このときばかりは、どんなに感謝してもし足りないだろう、一生の忠誠を誓ってもいいくらい、感謝した。ジェシー。いいところに来てくれた。ジェシーが魔法の光弾《マジックミサイル》を笑うレッドバックの横っ面に叩きこんで、怯《ひる》ませた。笑うレッドバックは「Ｈｏ……!?」とふらつき、ジェシーのほうを見ようとしたら、「――マリク・エム・パルク……！」、まただ、また光球が笑うレッドバックの、今度はギュイッと曲がって後頭部に当たった。ユメが飛んでいって、シホルの手を引く。シホルはこけつまろびつ、どうにかこうにかユメについてゆく。ジェシーは魔法の光弾《マジックミサイル》を連発して笑うレッドバックを狙いつづける。ついに笑うレッドバックは近くの路地に逃げこんだ。「――シホルはおれのお気に入りなんでね、殺されるのは癪《しやく》だ……！」、ジェシーは付き従っているレンジャーたち、トゥオキ、ヤンニらに、彼にしては鋭い口調で何か命じた。レンジャーたちに笑うレッドバックを追わせるつもりのようだ。でも、やつはこっちでなんとかしないと。

「ふっ……かぁつ……ッ！」と、クザクが跳び起きる。ドッ、ドッ、ドッ、ドッ、ドッ、ドッ、ドッ、ドッ、ドッ、ドッ、ドッ、ドッ、ドッ……！　大レッドバックが両手で胸を打っている。腹の底を揺るがすようなドラミングだ。しかし、――でっかっ。上体を起こすと、クソ大きい。盾と大刀を構えたクザクが子供みたいに見える。「……マリク・エム・パルク！」、ジェシーが魔法の光弾《マジックミサイル》を叩きこもうとしたが、大レッドバックは腕を振って打ち消した。シホルはユメに連れられて退避している。すぐに戦線復帰というわけにはいかない。ハルヒロとクザク、メリイ、ジェシーであんなのを倒せって？　いや、他にもいるか。「――ええええええええあああああ……！」と、セトラが雄叫《おたけ》びをあげて大レッドバックに突っこんでゆく。キイチは抱いていない。長い、ずいぶん長い、建材なのか、木の棒を両手で持っている。大レッドバックもセトラはノーマークだったのか。セトラはやすやすと大レッドバックに接近して、「でえええええええやあっ……！」と棒の先端をやつの喉元にぶちこんだ。むろん、どこかそのへんの壊れた家屋から調達してきたのだろう、単なる棒だ。大レッドバックは小揺るぎ程度しかせず、棒は折れて、セトラはひっくり返った。なぜセトラはそんなことを。「……エンバを、よくも……！」、ああ、そういうことか。愚行だと思う。でも、セトラを責める気にはなれない。それに、ヒントになった。ハルヒロは「攻めろ！」とクザクをけしかけた。「どうせ守っても守りきれない！　全力で攻めまくれ、クザク！　おまえにはおれたちにない力があるんだ……！」

「あぃっす……！」とクザクは盾を捨て、大刀の切っ先で六芒《ろくぼう》を描く。「――光よ、ルミアリスの加護のもとに！　光刃《セイバー》……！」、またたく間に光を帯びる大刀を両手持ちして、クザクは大レッドバックに攻めかかった。いや、攻めろとは言ったけど、いくらなんでも馬鹿正直すぎないか。何かもう少し工夫するとか。だけど小細工を弄する必要なんてなかったのかもしれない。クザクは大レッドバックに突撃してゆき、体全体を極端に反り返らせて大刀を振りかぶった。大レッドバックは下がりもよけもしなかった。意表を突かれたのか。それとも、殻皮で防げるという自信があったのか。大きな間違いだった。「ワォッ！」とジェシーが叫んだ。マジか。すごっ。クザク、おまえ、――どんな馬鹿力の持ち主だったんだよ……？　ハルヒロはクザクを見くびっていたらしい。まさか、ここまでとは。

「ずぇえええぇぇぇぇぇぇぇああああぁぁぁあああぁぁぁぇえええぇぇぇぃ……！」

振り下ろされたクザクの大刀は大レッドバックの殻皮を断ち斬って、その左肩にしっかりと食いこんだ。食いこむ、というのは、深く入りこむ、という意味だ。大刀は大レッドバックの左肩から体の胸の真ん中、やや下あたりまで、斜めに、一気に食いこんだ。

「……Ｏｈｈ・Ａｈ……Ｕｈｈｈ……Ｇｏｈ……」

大レッドバックは自分の身に何が起こっているのか、理解していないようだ。それは、流れだすというより噴出している大レッドバックの血液を体じゅうに浴びて、早くもずぶ濡《ぬ》れになっているクザクも同じかもしれない。「――え、おわっ、ち、血ぃ……!?」

ハルヒロはため息をついた。大レッドバック。レッドバックの中のレッドバック。この恐るべき例外的なグォレラの群れのリーダー。正直、……ね。無理だと思った。倒せないんじゃないかと。クザクか。クザクだったのか。クザクがやってくれた。そろそろ攻撃面を磨いて欲しいと考えてはいたが、ここまでの潜在能力《ポテンシャル》を秘めていたなんて。うれしい誤算だ。いや、大レッドバックはまだ絶命していない。クザクの大刀はおそらく心臓まで達している。それでも、まだ倒れていない。くずおれそうになりながらも立っている。時間の問題だとは思うけれど。あの傷なら即死してもおかしくはない。間もなくグォレラの群れは大レッドバックを失う。リーダーを。そうなったら――、

空から何かが降ってきた。

ハルヒロは反射的に跳びのいてよけた。地面に落ちたそれは、緑色の外套《がいとう》を身につけていた。グモォのレンジャーだ。腕や脚、首が変な方向に曲がっている。グモォの顔はあまり見分けがつかないけれど、紫色の肌には見覚えがあった。

ハルヒロは振り仰いで、レンジャーが飛んできた方向に視線を投げかけた。遠からぬ建物の屋根の上に、やつがいた。目を細めてやつがニタリと笑った瞬間、自分が勘違いしていたことを悟った。群れのリ、ー、ダ、ー、は大レ、ッ、ド、バ、ッ、ク、じ、ゃ、な、い、。

「……おまえか」

やつは「Fｏｏｏ・Fｏｏｏ・Fｏｏｏｏｏ」と、喉を笛みたいに鳴らして応えた。

また、おちょくって。――違う。ハルヒロは「敵……！」と声を張りあげた。それがやっとだった。

　あそこの屋根の上に、あっちにも、こっちにも、向こうの路地からも、前からも、後ろからも、――グォレラたちが一斉に姿を現した。合図だ。あの声。出てこい、という合図だったのだろう。どこからか、「……ツィアーグッ！　ジェシー……ッ！」という、たぶんヤンニの声が聞こえた。ヤンニはまだ生きている。ジェシーに何か報《しら》せようとした。きっと、このことを。

　グォレラは賢い。とはいえ所詮は獣だし、一頭一頭しとめて着々と数を減らしている。そう思っていた。実際、そのとおりではあったし、大レッドバックを倒して、七割か八割がた勝った気になっていた。いつの間にか、包囲されていたなんて。

　グォレラたちが四方八方から押し寄せてくる。

「――みんな！　固まれ、バラけるな！　ユメ、シホル！　こっちに……！」、「やべ、ハルヒロ！　俺、盾……！」、「いい、刀、振れ……！」、「――シホルぅ、だいじょぶかあ、ついてきて……！」、「うん、あたしは平気だから……！」、「セトラ、立って！　ほら、あなたにはまだキイチがいるでしょう!?　ハルだって……！」、「……黙れ、神官、おまえに言われるまでも……！」、「ハルヒロ！　牢屋《ろうや》を使え！　あそこなら！」、「ジェシーさんはどうするんです!?」、「おれはヤンニたちを捜す……！　行け……！」

クザクが大刀を大振りしまくっている。ハルヒロはどうにかシホル、ユメ、メリイ、それからセトラと合流して、牢屋へと向かうことにした。でも、行けるのか。「――クザク、こっちだ……！」、「あぁ！　わかってる……！」、わかってはいるのだろうが、休みなく大刀を振りつづけていないと、おそらくクザクはあっという間にやられてしまう。こっちも、ユメとメリイはもちろん、シホルは自前の杖《つえ》で、セトラは拾った棒きれでグォレラたちを威嚇し、ぎりぎりのところでしのいでいる。――だったら、おれが。やるしかない。やるんだ。おれが。敵に囲まれている、この状況で？　そうだ。やれ。沈め。――隠形《ステルス》。

追いつめられると、できちゃうものなんだ。

無音、……ではないが、どんな音も気にならない。きっと聞く必要がないからだろう。ハルヒロは一人仲間たちから離れ、グォレラたちの間を歩いてゆく。

線が見える。ぼんやりと光る線。その線をなぞって動くのではない。ハルヒロがその線に沿って動くことはとうに決まっている。方向。角度。速度。何も考えなくていい。

不意に視点が上昇する。まるで斜め上から見下ろしているかのようだ。自分。仲間たち。グォレラたち。ジェシー。ヤンニたち。それぞれの位置が、手にとるようにとまではいかないが、おおよそわかる。

まずはこいつだ。今、メリイにヘッドスタッフでぶん殴られた若いオス。こいつの首に左腕を絡めて、右目に錐状短剣《スティレット》を何度も刺す。

次は、こいつ。クザクの大刀にびびって後退した、やはり若いオス。こいつも殺す。

そして、シホルに襲いかかろうとしている、こいつ。少し毛角が赤い。こいつも殺す。

これでとりあえず、細い道が開ける。ハルヒロは「走れ、牢屋まで……！」と仲間たちに声をかけ、すぐにまた、沈む。——隠形《ステルス》。仲間たちの行く手に立ちふさがるもの、妨げようとするものを排除する。できるんだ。おれには。おれにしか、できない。

特別な力があるなんて思うな。そうじゃない。あくまで、今だからだ。この瞬間、与えられた役割をこなしている。それだけだ。図に乗ったら足をすくわれる。そんな失敗を何度も経験した。だから、わかっている。

間もなくセトラが囚《とら》われていた牢屋だ。しんがりのクザクが「——先に入って！　俺は最後に行くんで……！」と怒鳴りながら、まだ大刀を振っている。見上げた体力と根性だ。シホルが、セトラが、メリイとユメが、牢屋に駆けこんでゆく。クザクは出入口の手前でもたついている。手を貸してやればいい。粘り強く押したり引いたりしてクザクに突っかかっている、あのオス。あれはレッドバックだ。やつをしとめれば、クザクは一気に楽になる。問題ない。処理できる。ほら。もうハルヒロはそいつの背後にいる。組みついて、左腕を首に巻きつけ、右目に錐状短剣《スティレット》を何回もぶちこむ。いつもの手順。いいよ、行け、言うまでもなく、クザクは牢屋に飛びこんだ。ハルヒロも続く。

眩暈《めまい》に襲われた。体に力が入らない。立っていられない。歩くなんて、とても——。

それでもどうにか通路を進み、メリイのすぐ前で膝をついた。四つん這《ば》いになる。クザクはどうしているのか。「うらあっ！　らあぁ……！」と、牢屋に入ってこようとするグォレラを大刀で牽制《けんせい》しているようだ。……まずい。メリイたちが何か言っている。そうか。血か。グォレラを始末するとき、どうしても毛角のせいで傷を負って出血してしまう。

「……メリイ、魔法、……治して、……悪い」と、切れ切れに言う。気を失ってしまいそうだ。そんなわけにはいかない。メリイは光魔法を使ってくれた。癒し手《キュア》か。少し、楽になった。――気がする。少なくとも、立ち上がれる。ちょっと、息が苦しいけど。

「――っそぉ……！　刀、使いづれぇ！　狭くて、ここからじゃ、突くしか……！」

「どうしよう」と、誰かが言う。……シホルか。クザク。やばいのか……？　誰だよ、牢屋に行けとか言ったの。ジェシーか。あいつ。でも、広い場所だと、もっと。……考えている、場合か？　違うんじゃないのか？　行動、しないと。「……あいつだ」と呟《つぶや》く。そうだ。あいつを殺さないと。リーダーはあいつなんだ。あいつをしとめる。そうしないと、終わらない。「……おれが、やる。……一回、全力で攻めて。おれ、……外に、出る。あいつを見つけて、……おれが、やる。片を、つける。……おれが」、「そやけどなあ！」と誰かが反論する。「やるんだ！」と怒声を浴びせて、黙らせる。「……やるしか、ない。このままだと、全滅だ、……みんな、死ぬ。おれが、やる。……いいな、全員で、一気に、反撃して、……その間に、おれが外に、出るから。一、二……！」

「ずおおおあああぁぁぁ……！」と、クザクが何頭ものグォレラに体当たりするような勢いで、飛びだす。目の前のグォレラを蹴倒して、大刀を振る。クザクはたぶん、最後の力を振りしぼっている。大刀がグォレラの首を斬り飛ばした。グォレラたちがしりごみするのを見て、ユメが「ふにゅあああ……！」とクザクを追う。シホルがダークを飛ばす。セトラが何か物を投げる。ハルヒロは自分自身を沈めようとした。隠形《ステルス》。……うまく入れない。なんでだ。おかしい。

クザクとユメの間をすり抜けて、オスのグォレラが牢屋の中に入りこんできた。防がないと。戦うんだ。グォレラがこっちに来る。どうして錐状短剣《スティレット》を持つ手に力がこもらないのか。敵がそこまで来てるんだ。

「――ぇいやぁっ……！」

メリイが進みでて、ヘッドスタッフでそいつの額を一撃した。メリイはすぐにヘッドスタッフを引っこめ、二撃目を叩《たた》きこもうとしたのだと思う。間に合わなかった。

グォレラはヘッドスタッフを両手で鷲《わし》づかみにして、自分のほうに引き寄せた。シホルが「メリイ……！」と、「放せ！」とセトラが叫んだ。そうだよ、メリイ。放さないと。

ヘッドスタッフと一緒に、メリイの体がグォレラのほうへ倒れこんでゆく。

やっとハルヒロが動けるようになったのは、そのときだった。

「あぁっ……」という声とともに、折れるような、砕けるような音がした。

メリイはセトラの言うとおり、ヘッドスタッフを手放したのだ。でも、グォレラのほうも、ヘッドスタッフなんかに用はなかったようで、別のものをつかんだ、——というより、抱きすくめた。メリイを。シホルが「……ひっ……」と、かぼそい悲鳴をもらした。

グォレラはそのままの体勢で、メリイの肩口から首筋のあたりにかぶりついた。ハルヒロはその直後、グォレラに組みついた。ほとんどすがりつくようにして、やつの右の眼球に錐状短剣《スティレット》を突き刺した。メリイは目を見開き、その様子を見ていた。早く。早く。早くこいつを殺さないと。手遅れになる。手遅れ？　何が……？

グォレラは事切れると、メリイもろとも土間の通路に倒れこんだ。グォレラをどかすのは一苦労だった。力が、——力が、入らない。手にも、足にも、どこにも。

セトラが何かやりながら「どうだ!?」と言った。ハルヒロは答えなかった。

メリイは半分目を閉じて、小刻みに震えている。咳《せき》をして、血を吐いた。

「魔法」と、ハルヒロは声をかけた。「メリイ、魔法を。治さないと。急いで。メリイ」

メリイは右手を持ち上げようとした。動かすことができないようだ。怪我《けが》か。骨か。折れているのか。どこが。何が。ハルヒロは錐状短剣《スティレット》を置いて、メリイの右手を両手で捧《ささ》げるようにつかんだ。メリイは呻《うめ》いて、首を横に振った。痛むのか。ひどく。どうしよう。魔法。六芒を。そのためには、手が。呪文。だめなのか。呪文だけじゃ。手が動かないと、光魔法を使うことはできないのか。何だよ、それ。そんなのありかよ。

「メリイ？　メリイ……？　ど、……おれ、ど、どう、すれば……」

何か、──メリイは、何か言おうとしている。ハルヒロはメリイの唇に耳を寄せた。

「……メリイ？　何？　メリイ、何だって……？」

「は」

「うん。何？」

「……は、る」

「え？」

「わた、し」

「うん」

「……はる、……わたし、あなた、……が……」

「おれが、何？　どうしたの、メリイ……？」

「っ……──」

メリイは息を吸いこもうとしたのか。何か言いかけたのか。ハルヒロは少し顔を離して、彼女の表情をうかがった。なぜだろう。どうして、──彼女は笑みを浮かべたのだろう。

苦しくないのか。痛くないのか。怖くないのか。

なんで笑うんだよ。

メリイ。

次巻予告

何が、一段上がった、だ。
何が、クザクを育てる、だ。
何が、勘が冴《さ》えている、だ。
何が、レッドバックの中のレッドバックの姿が浮かんでいる、だ。
何もわかっていなかった。
何もできていなかった。
何もできなかった。
だから、こうなった。
ぜんぶ終わった。――はずだった。

あの男が言う。
「方法はある。一つだけ」

OVERLAP

灰と幻想のグリムガル level.10
ラブソングは届かない

発　行　2017年3月25日　初版第一刷発行

著　者　十文字 青
発行者　永田勝治
発行所　株式会社オーバーラップ
〒150-0013　東京都渋谷区恵比寿1-23-13
校正・DTP　株式会社鷗来堂
印刷・製本　大日本印刷株式会社

Printed in Japan ISBN 978-4-86554-202-8 C0193